스켈레톤 마스터

WISHBOOKS GAME FANTASY STORY
더페이서 게임 판타지 장편소설

스켈레톤 마스터 19

더페이서 게임 판타지 장편소설

초판 1쇄 찍은 날 | 2019년 12월 20일
초판 1쇄 펴낸 날 | 2019년 12월 30일

지은이 | 더페이서
펴낸이 | 예경원

기획 | 위시북스
편집책임 | 이은송
편집 | 위시북스

펴낸곳 | 예원북스
등록번호 | 제396-2012-000132호
등록일자 | 2012. 7. 25
KFN | 제1-500호

주소 | 경기도 고양시 일산동구 호수로 646-24 위너스21Ⅱ빌딩 206A호 (우)10401
전화 | 031-819-9431 팩스 | 031-817-9432
E-mail | yewonbooks@naver.com

ⓒ더페이서, 2018

ISBN 979-11-365-0678-8 04810
         979-11-89348-43-4 (set)

스켈레톤 마스터 ⟨19⟩

WISHBOOKS GAME FANTASY STORY

더페이서 게임 판타지 장편소설

Wish Books

스켈레톤 마스터

··· CONTENTS ···

제1장
삼두견 사냥

일루전에 접속한 무혁과 동료들

"일단 개인 정비부터 하자."

다들 해야 할 일들을 처리하러 떠났다.

음, 나는 일단······.

무혁은 가장 먼저 골드를 현금으로 교환하기로 했다. 제국 내에 위치한 현금 교환소로 향해 지니고 있는 골드 대부분을 넘겼다. 무려 20만 골드. 현금으로 20억에 해당하는 거금이었다.

"감사합니다. 수수료는······."

"네."

등록을 마치고 돌아서는데 바로 메시지가 떠올랐다.

[900골드가 판매되었습니다.]

[500골드가······.]

끝없이 떠오르는 메시지에 감탄했다.

빠르기도 하네.

일루전의 인기를 대략적으로나마 짐작할 수 있게 해주는 상황이기도 했다. 5분도 되지 않는 사이에 벌써 2만 골드가 넘게 판매되었다. 무혁의 통장에도 해당 금액에 대한 현금이 수시로 지급되고 있을 터.

물론 아직 18만 골드가 남긴 했지만 아마 오늘 안으로, 아니, 몇 시간 내로 전부 교환되리라는 생각이 들었다.

현금화되면 일부는 남기고 나머지 금액으로는 당연히 일루전 주식을 매수할 계획이었다.

현재 1주의 가격이 1,217만 원. 무혁이 지닌 일루전 주식이 정확하게 1,073주.

생각보다 더 많이 모이긴 했다.

지금 팔면 얼마야, 이게.

평생을 놀고먹어도 될 금액이었다.

뭐, 팔 생각은 없지만.

일루전의 인기는 물론이고 접속자의 수도 나날이 증가하고 있었으니까.

"어서 오십시오."

잡념에 빠진 사이 워프 구역에 도착했다.

"아, 칼럼 소도시로 가주세요."

"알겠습니다."

이젠 칼럼에도 워프 게이트가 생성된 덕분에 헤밀 제국에서 곧바로 이동할 수 있게 되었다.

"어서 오십시오."

많이 발전했는데?

사실 라카크에게 거의 대부분을 맡겨놓은 터라 상당히 미안하긴 했지만, 마을 확장에만 집중할 수 없는 게 유저의 입장이었다.

레벨도 올려야 되고 또 지금처럼 전쟁 같은 대규모 사건이 발생하면 참여하지 않을 수가 없었으니까.

뭐, 잘 커지고 있으니까.

라카크가 촌장으로 있었던 게 무혁에겐 행운이었다.

"어? 도란!"

마침 반가운 얼굴이 보였다.

"주군!"

카이온 대륙이 쳐들어왔을 땐 함께했지만, 카이온 대륙으로 넘어갈 때는 안전을 위하여 그를 마을에 남겨놓았었다.

"오랜만이야."

"예, 무사히 돌아오셔서 다행입니다."

"뭐 하고 지냈어?"

"열심히 훈련했습니다."

그 말에 무혁은 도란의 상태를 확인해 봤다.

이름 : 도란

레벨 : 219

직업 : 정예 궁수

직위 : 호위

충성도 : 극상

특기 : 탐색, 추적, 훈련, 정확도, 속사, 이동 사격, 거리 감각.

레벨도 꽤 올랐고 특기도 2가지가 더 생겼다.

"호오."

정확도와 거리 감각은 잘 어울리는 궁합이었다. 속사와 이동 사격도 마찬가지.

움직이면서 속사를 사용하면 상당히 위력적일 것이다.

"조금 있다가 대련이나 해보자고."

"영광입니다, 주군!"

무혁은 도란과 함께 걸음을 옮겼다. 영주성을 지키던 이들은 다가오는 무혁을 바라보면서 눈을 크게 떴다.

"추, 충!"

오랜만에 보는 영주였으니까.

"고생하세요."

인사를 한 후 성내로 진입했다.

곳곳에서 소리가 들려온다.

"충!"

"추웅!"

그들과 일일이 눈을 마주치면서 총관실로 올라갔다. 그 앞을 지키는 이들을 지나 드디어 라카크를 만날 수 있었다.

"영주님, 오셨습니까."

오랜만에 보는 그는 표정이 꽤나 좋아 보였다.

무혁도 자연스레 미소를 지었다.

"좋아 보이네요?"

"예, 영주님이 안 계신 동안 아주, 아주! 열심히 한 덕분에 지금은 여유가 꽤 생겼습니다, 허허. 덕분에 요즘은 살 만한 것 같습니다."

"제가 너무 자리를 비웠나 보네요. 말에 뼈가 있어서 꽤 아픈데요?"

"허허, 그럴 리가요."

가벼운 농담을 주고받은 후 본격적으로 이야기를 나눴다.

"그보다 영주님."

"네."

"전쟁은 잘 끝난 거지요?"

"포르마 대륙이 승리했고 승리 보상도 아주 잘 받았어요."

"다행입니다."

"한동안은 걱정 없다고 보면 될 거예요."

"안정적으로 발전할 수 있겠군요."

대화를 나누면서 마을의 상태를 체크했다.

영지 : 칼럼 소도시

인구수 : 8,932명.

영지명성 : 309

치안상태 : 양호

발전도 : 중중

[건축 레벨 : 6(89%)]

……

    인구도 상당히 늘었고 명성도 상승했다. 게다가 치안이 보통에서 양호로 높아졌고 발전도 역시 중하에서 중중으로 올랐다. 그러나 기대 이하였다.

    무혁은 조금 더 빠른 성장을 원했다. 그러자면 인구가 중요했다. 보다 더 많은 사람이 필요한 것이다.

    "인구는 아직 많지 않죠?"

    "예, 9천 명이 조금 안 되는 것으로 압니다. 하지만 꾸준히 늘고 있는 형국입니다."

    "흠, 속도를 더 높이고 싶은데……."

    "다른 지역의 영지민을 끌어오고 싶은 거군요."

    "그렇죠."

    "어려울 겁니다. 워프게이트를 이용하기엔 부담이 되고. 몬스터의 위협을 감당하고서 먼 거리를 이동하는 것 역시 그들에겐 어려운 일일 테니까요.

    "워프게이트 비용을 다시 돌려준다면요?"

    "음…… 그래도 힘들 것 같습니다. 워프게이트 비용 자체를 모으는 게 쉽지 않은 일이라……."

라카크의 말이 맞았다.

확실히 일반인들에겐 비싼 값일 터.

수긍하고 다른 의견을 제시했다.

"몬스터의 위협을 최소로 만든다면요?"

"토벌을 생각하시는 건지요?"

"네, 위험 지역 일부만이라도요."

"음, 그러면……."

라카크도 신중하게 고민했다.

"지금보다야 확실히 많은 인구가 유입될 것 같긴 합니다."

"그래요?"

"예, 영주님."

그러나 계획과 실행은 다른 법. 무혁은 잠시 고민했다.

"실행하려면 군사력이 꽤 필요하겠죠?"

"그렇습니다."

"그럼 병사 양성소랑 아카데미부터 한번 볼까요?"

"안내하겠습니다."

라카크와 함께 총관실을 나섰다.

"도란, 너도 같이 가자."

"예, 주군."

셋이서 성을 나와 근처에 위치한 병사 양성소로 향했다. 완공이 된 후 병사들이 훈련하는 모습은 한 번도 본 적이 없었기에 기대가 컸다.

그 기대감에 불을 지피는 각종 소리들이 고막을 두드린다.

"하아아앗!"

"하아압!"

캉, 쿠웅, 콰아앙!

기합은 물론이었고 격한 타격 소리까지 퍼져왔으니까.

"기대되는데요?"

"허허, 실망하지 않으실 겁니다."

"그렇습니다, 주군."

라카크와 도란, 둘 모두 자신만만했다.

재밌겠네.

곧이어 양성소의 정문에 도착했다.

"추우웅!"

무혁과 라카르를 알아본 병사가 예를 차린 후 급히 문을 열었다.

화아아악.

안으로 들어선 순간 후끈한 열기가 피부를 스쳤다.

"오호."

곧바로 곳곳에서 훈련 중인 이들이 보였다.

병사가 되기 위한 과정.

분명 힘들고 지칠 법도 했건만.

"흐랴아아아압!"

무혁이 보는 그들의 표정은 단 하나, 열정으로 가득했다.

"열심인데요?"

"정예 병사가 되면 혜택이 많아서 그런 것 같습니다."

고개를 끄덕이며 천천히 둘러봤다.

이름 : 크로세아

레벨 : 91

직업 : 예비 병사

직위 : 무

충성도 : 중하

특기 : 가속, 공간 제어, 검술.

이름 : 제제반

레벨 : 63

직업 : 예비 병사

직위 : 무

충성도 : 중

특기 : 마나 친화, 마나 제어, 암산, 연산.

크로세아의 특기가 눈에 들어왔다.

좋은데?

검술을 배우기에 이보다 더 좋을 수 없었다. 가속으로 접근하거나 멀어지고, 공간을 제어하여 적을 농락한다.

그 모든 것의 바탕이 되는 것은 검술.

검병으로 두기엔 재능이 넘쳤다.

기사가 되어도 좋겠는데?

다음으로 확인한 제제반은 조금 아쉬웠다. 특기가 마법 쪽이었기에 더 그러했다.

"특기 확인은 언제 하는 거죠?"

"훈련을 시키면서 수시로 확인하고 있습니다."

"그래요?"

무혁은 잠시 고민하다가 입을 열었다.

"몇 명은 아주 뛰어나네요. 다만 특기가 맞지 않아 시간을 허비하고 있으니 그런 이들만 추려서 제가 알려 드리죠."

"그들에겐 영광이 될 것입니다."

무혁은 곧바로 훈련 중인 이들을 한 명씩 지목했다.

"저자는 아카데미로 보내세요. 기사가 될 재목이니. 그리고 저 사람은 아카데미의 마법사 학과로 보내시고요. 저 사람은 정예 병사가 되기에 부족함이 없네요. 그중에서도 창술이 뛰어나 보이니 해당 훈련을 집중적으로······."

옆에 있던 라카크가 손을 빠르기 놀린다.

슥, 스슥.

듣고 있는 내용을 모두 적기 위함이었다.

"아, 이름은 아세요?"

"물론입니다."

"다행이네요. 음, 그리고 저 사람은······."

꽤 긴 시간을 보내고서야 병사 양성소에서의 일이 끝났다.

"그럼 이제 아카데미로 가보죠."

"예, 이쪽입니다."

병사 양성소와는 반대쪽에 위치한 아카데미. 이곳에 있는 이들은 이미 그 재능을 인정받아 한 가지에 몰입하는 자들이었다. 나이에 상관없이 대부분의 학생이 열의를 갖고 수업을 하고 있었다.

무혁도 그들을 보며 고개를 끄덕였다.

"괜찮네요."

그들의 특기와 수업이 대체로 일맥상통했기에.

그 말인즉 양성소에서의 방법이 나쁘지 않다는 소리였다.

뭐, 완벽하진 않지만.

지금도 한 명이 눈에 들어왔다.

이름 : 마우딘

레벨 : 71

직업 : 예비 마법사

직위 : 아카데미 학생

충성도 : 중하

특기 : 마나 친화, 운동신경, 반응속도, 검술, 방패술.

마나 친화에서 재능을 보여 마법의 길을 걷고 있었으나, 사실상 그는 기사가 되어야만 하는 특기를 지니고 있었다.

"그런데……."

"걸리는 거라도 있으십니까."

"특기가 많지 않은 이들도 보이네요."

"알려주시면 바로 처리하겠습니다."

"흐음, 일단 저기 저 학생."

라카크의 눈이 빛났다.

"마우딘 학생 말씀이시군요."

"네, 저 학생은 마법학과에서 배우고 있네요?"

"그렇습니다."

"기사학과로 옮기는 게 더 좋을 것 같아요."

운동신경, 반응속도, 검술, 그리고 방패술까지. 완벽한 기사가 될 자질을 갖췄다. 그런 이를 마법학과에서 썩게 만드는 건 취향이 아니었다.

"또 있습니까?"

"음……."

무혁은 학생들을 일일이 확인했다.

"일곱 명 정도 더 있네요."

그들의 학과가 바뀌게 될 예정이었다.

"오늘 바로 학과를 바꾸겠습니다."

"네. 아, 그전에 학과가 바뀐다는 건 지금 제가 말할게요."

"그러시겠습니까?"

"네, 안면을 터두는 것도 나쁘지 않으니까요."

무혁은 웃으며 학생에게 다가갔다.

마나를 누구보다 빨리 느꼈다.

내게 이런 재능이 있었던가.

대마법사가 될지도 모른다는 주위의 소리에 들떴었다.

어쩌면……!

그러다 보니 가능할지도 모른다는 생각도 했었다.

하지만, 쌓는 속도. 마법을 사용하기 위해 필요한 계산식, 외워야 할 마법진 등등.

다른 분야에서 평범하지도 못한 재능을 보였다.

주변의 이야기가 달라졌다.

천재가 아니었잖아? 뭐야, 저것도 못 하는 거야? 쳇, 바보네.

그렇다고 포기할 수도 없었다. 가족들이 기대하기에. 스스로의 꿈이 있기에.

"하아."

이럴 줄 알았다면 조금 더 강하게 어필했어야 했다.

'전 몸을 쓰는 게 좋습니다……!'

몸으로 하는 건 뭐든 자신이 있었는데, 어쩌다 이렇게 된 것인지. 욕심에 눈이 멀었던 거야.

지금 와서 기사로 전향할 수도 없었다. 그걸 허락할 리도 없었고.

마우딘은 스스로를 자책했고, 그러한 나날을 보냈다.

"이름이 뭐지?"

그때, 갑작스레 등장한 영주.

"네? 아, 저는……."

"그렇군. 너는 오늘부터 학과를 옮기게 될 거야."

"네……?"

"앞으로 검술을 배우게 될 거다."

그의 한마디에 모든 것이 바뀌었다.

아카데미를 전부 둘러보고 소도시 내부 곳곳을 체크했다.

"오늘은 여기까지 하죠."

"예, 영주님."

이후 홀로 정비를 하고 멍하니 앉아서 시간을 보내기도 했다.

몇 시지? 이제 겨우 점심시간.

으, 피곤해 죽겠네.

성민우에게 메시지를 보내니 그는 안 된다면서, 조금만 더 같이 버티자고 했다.

그래, 뭐…….

이대로 버티면 내일이나 이틀 뒤부터는 제대로 일상생활을 할 수 있을 것 같기는 했다. 다만 지금이 너무 힘들어서 짜증이 날 뿐.

차라리 뭐라도 하자.

힘들게 몸을 움직였다. 의뢰소로 가서 사냥 의뢰를 받고서 해당 몬스터의 서식지로 향했다.

후, 사냥도 귀찮네.

결국 스켈레톤을 소환한 후 지휘 권한을 넘겨줬다.

무혁은 앉아서 구경만 했다.

잘 싸우는구만.

힘겨운 시간도 흐르긴 하는 모양이었다.

오후 5시 무렵. 마침 메시지까지 왔다.

그래, 이 정도면 꽤 버텼다고.

[강철주먹 : 더 이상은 안 되겠다……]

[예린 : 힘들어……!]

[김지연 : 사, 살려주세요……]

결국 네 사람 전부 함께 일루전에서 나왔다.

"다크서클 내려온 거 봐라……."

"피곤해 죽겠다고."

"하아."

모두들 제대로 몸도 가누지 못했다.

"으, 진짜 힘들다. 내일 보자."

"그래, 잘 가라……."

성민우와 김지연이 떠나고 예린이 울상을 짓는다.

"오빠아."

"응?"

"너무 피곤해……."

"하루 자고 가자."

"응, 그래야겠어……."

둘은 함께 근처에 위치한 호텔로 들어갔다. 샤워도 하지 못한 채 침대에 누워 은은하게 전해지는 서로의 체온을 벗 삼아 잠을 청했다.

따르르르.

객실 내부에 배치된 전화벨 소리에 멀어졌던 정신을 부여잡았다.

"으음……."

미간을 찌푸리며 눈을 뜬 무혁.

손을 뻗어 전화기를 들었다.

"여보세요……?"

-프런트 데스크입니다. 30분 뒤에 체크아웃 시간이라 연락 드렸습니다.

"아……?"

급히 시간을 확인했다. 벌써 오전 11시 30분이었다.

고개를 돌려 예린을 바라보니 그녀는 아직 잠에서 깰 생각이 없어 보였다.

"음, 하루 더 있으려고 하는데, 지금 바로 계산해야 합니까?"

-체크아웃하실 때 계산하셔도 됩니다.

"네, 알겠습니다."

수화기를 내려놓고 휴대폰을 꺼냈다.

[Web 발신]

농협 입금 4,750,000원

7/6 10:11 356-××××-84××-××

일루전의 세계

잔액 25,398,241원.

[Web 발신]

…….

이러한 문자가 끝도 없이 와 있었다.

뭐, 아무튼. 현재 잔액은 19억 2천만 원가량이었다. 어차피할 일도 없었기에 증권사 앱에 접속한 후 일루전의 주가를 확인했다.

1,225만 원. 어제보다 조금 더 오른 상태였다.

진짜 끝도 없이 오르네.

조금이라도 더 낮은 가격에 사고 싶다는 생각은 들지 않았다. 지금이 가장 낮을 거라는 확신이 있었기 때문에.

150주 매수, 확인.

잠시 기다리니 진동이 울렸다.

[일루전 11주 매수가 체결되었습니다.]

[일루전 25주 매수가 체결되었…….]

생각보다 빨리 150주를 전부 매수할 수 있었다.

현재 지닌 일루전 주식이 1,223주. 그저 바라보는 것만으로도 괜히 흡족해졌다.

모으는 재미가 쏠쏠하다니까.

휴대폰을 머리맡에 내려놓고서 몸을 돌렸다.

새근새근 잠이 든 예린.

입가에 살짝 묻은 저 하얀 자국은 아마도 침이 굳은 것이리라. 그마저도 참으로 귀엽다는 생각을 하며 이 순간을 소중히 생각했다.

잠에서 깬 예린을 역까지 바래다준 후 무혁도 집으로 돌아갔다.

"왔냐?"

"어."

"외박이네. 예린이랑?"

"다 같이 모여서 그냥 놀았어."

"오오……! 그랬어? 어구, 그랬어요? 다아 같이 모였어요? 그 말을 믿어드릴게요. 네, 네."

강지연의 장난스러운 태도에 무혁이 미간을 찌푸렸다.

"어쩜 이렇게도 다른지."

"엥? 뭐가?"

"아니야. 그냥."

"뭐냐고오오!"

뛰어와서 날아차기를 하는 강지연을 가볍게 피한 후 소파에 앉았다.

"민우 여친, 알지?"

"아니?"

"아, 모르나? 김지연이라고 있거든."

"뭐야. 나랑 이름 똑같네? 안 봐도 알겠다. 예쁘지?"

"……."

"성격도 좋을 테고."

"다시 봐도 같은 생각만 드네."

"무슨 생각?"

"어쩜 이렇게도 다른지……."

"뭐라고오오!"

뭐가 다른 것인지 깨달은 강지연이 고함을 내질렀다.

"누나도 좀 차분해져 보라고."

"내 맘이거든!"

그때 주방에서 어머니가 나왔다.

"또, 또. 너희는 어떻게 매일 싸우니."

"아, 엄마! 이 녀석이 먼저 놀렸다니까."

"알았어."

어머니가 고개를 돌려 무혁을 쳐다봤다.

"그보다, 밥은 먹었고?"

"아직."

"지금까지 안 먹고 뭐 했어?"

"어쩌다 보니까……."

"어휴, 곧 점심이니까 좀 기다렸다가 같이 먹어."

어머니의 말에 무혁이 고개를 끄덕였다.

어머니가 차려준 점심을 먹고 일루전에 접속했다.

"오셨습니까, 주군!"

마침 도란이 옆에 있었다.

"왜 여기에 있어?"

"수련 좀 하다가 쉬고 있었습니다."

"아아, 그럼 휴식도 취할 겸 아카데미나 같이 가자."

"예, 주군!"

도란과 함께 아카데미를 구경했다.

훈련 중인가?

마침 검술학과에서 훈련 중인 학생들이 보였다. 그중에서 무혁의 시선을 끄는 네 명의 학생이 존재했다. 전부 마법학과에서 검술학과로 이동하게 된 이들이었다.

그중에서도 유독 뛰어난 존재감을 선보이는 마우딘은 지금 한 명의 학생과 대련을 하는 중이었다.

"하아아압!"

"크윽!"

당연히 신음을 흘린 쪽이 마우딘이었다. 그간 제대로 된 검술 훈련을 하지 않은 탓에 일방적으로 밀리고 있었던 것이다.

하지만 무혁은 그 모습에서조차 감탄을 금치 못했다. 밀리고 있음에도 불구하고 치명적인 부상은 피하고 있었기 때문이다. 게다가 아직 패배한 것도 아니었다.

단순히 밀리고 있을 뿐, 눈빛도 살아 있고 표정에 절망도 없었다. 기회를 엿보는 맹수의 느낌이었다.

운동신경, 반응속도. 그리고 검술.

부족한 실전 경험과 파워를 그 세 가지의 특기로 커버하고 있었다.

"이익……!"

마우딘의 상대, 길로틴이 미간을 찌푸렸다.

"자꾸 도망만 치지 말라고!"

길로틴이 힘으로 몰아붙였다.

캉, 카각!

마우딘은 검을 눕혀 충격을 해소한 후 측면으로 이동했다.

"후, 후웁. 후아……"

거친 호흡을 내뱉으면서도 기회를 노린다.

아직, 아직은 아니야.

버티고 견디고 인내했다.

"크읍!"

뒤로 비틀거리며 물러서는 와중에도 마우딘이 내리찍는 검의 궤도를 놓치지 않았다. 피할 수 없다는 판단에 내려진다. 물러서던 다리에 힘을 주고서 버텨냈다.

순간적으로 들어간 힘에 근육이 팽창하고 일순 정신이 아득해졌다.

어……?

뒤이어 펼쳐진 거짓 같은 세상. 모든 것이 일그러진 공간에서 마우딘은 시간의 흐름을 느꼈다.

느리다.

직후 뻗어오는 목검의 끝이 눈에 들어오고.

이것도, 느려.

의지를 갖고서 움직이는 순간.

스윽.

거짓말처럼 신체가 움직여 목검을 피해 버렸다. 놀랄 틈도 없이 오른손에 쥐어진 목검을 휘둘러 길로틴의 머리를 가격했다.

퍼억.

길로틴은 순간 정신을 잃고서 뒤로 쓰러졌다.

"그만!"

검술학관의 교관이 나와 대련을 종료시켰다.

"허억, 허억……."

거친 숨을 몰아쉬는 마우딘을 바라보던 무혁의 눈이 커졌다.

빠르잖아……?

저 레벨에 있을 수 없는 속도였다. 급히 상태를 확인했다.

특기 : 마나 친화, 운동신경, 반응속도, 검술, 방패술, 가속.

레벨과 충성도가 올랐고, 특기에 가속이 추가되었다.

그제야 방금 전의 일을 이해할 수 있었다.

이번 대련에서 깨달은 건가.

그야말로 괴물 같은 재능이 아닐 수 없었다.

"허어……."

옆에 있던 도란도 놀란 모양이었다.

"빨랐지?"

"아, 예. 놀랐습니다."

"흐음."

기본기만 다져진다면 데리고 다녀도 괜찮을 것 같았다. 그럼 레벨도 순식간에 오를 테고.

아직 초기 성장세를 이어가는 소도시라면 충분히 든든한 버팀목이 되어줄 것이다.

그런 생각하고 있는데 꽤나 뜨거운 시선이 느껴졌다. 고개를 드니 마우딘이 보였다.

무혁은 부드럽게 웃어줬고 마우딘은 결의가 가득한 표정으로 고개를 깊이 숙였다.

뜻밖의 메시지에 괜히 기분이 좋아졌다.

[마우딘의 충성도가 오릅니다.]

아카데미와 병사 양성소까지 모두 둘러본 후 도란과 대련을 하기로 했다.

장소는 아카데미의 중앙 대련장. 강자들의 힘을 보여주자는 취지에서 학생들을 모두 불러모았다.

"와, 영주님이랑 도란 경이……?"

"근데 영주님, 강해?"

"나도 모르지."

다들 기대 어린 표정으로 자리를 잡고 앉았다.

그사이 무혁은 본인의 스킬을 체크했다.

스킬이 생각보다 많아.

그래서 지금껏 효율적으로 사용하지 못한 부분이 있었다.

사실 까먹고 있었던 것도 있고…….

해서 어떤 스킬이 있는지 다시 한번 머릿속에 주입했다.

몇 번이고 스킬을 확인한 후에야 고개를 들었다.

"도란, 준비는?"

"다 됐습니다, 주군."

"시작할까."

"예, 영광입니다!"

도란도 상당히 강해진 상태였다.

레벨 219. 특기도 원거리 궁수에 최적이었으니. 방심은 금물.

그럼에도 불구하고 진다는 생각은 들지 않았다. 아이템은 물론이고 기본적인 스탯에서도 큰 차이가 있었으니 어쩔 수 없는 일이었다.

"먼저 와."

"예, 주군!"

도란이 시위에 화살을 걸었다.

팡, 팡, 파바바바방!

엄청난 속도의 속사였다.

"우와아아아!"

"빠, 빨라!"

"너 보이냐?"

"넌?"

"안 보이니까 묻지!"

"나도 안 보여!"

학생들 모두가 놀라기에 급급했다. 환호는 뒤이어진 무혁의 행동으로 인해 더욱 거대해졌다. 가볍게 검을 휘두르는 것으로 날아드는 화살을 모두 튕겨 내버린 탓이었다.

도란은 '역시'라는 표정으로 다시 시위에 화살을 걸었고, 무혁은 어깨를 으쓱이더니 이내 도란의 무기와 같은 활을 꺼냈다.

"주군, 봐드리지 않겠습니다."

"좋을 대로."

도란이 다시 화살을 빠르게 날렸다.

팡, 파바바방.

그러나 무혁도 그에 못지않았다. 비록 속사 스킬은 없었지만 민첩 스탯이 도란의 몇 배가 넘었기에.

허공에서 화살과 화살이 부딪혔다. 사방으로 튕기는 화살들은 대련장을 넘어가지 못했다. 대련장 밖으로 설치된 실드에 막힌 탓이었다. 그러나 그 기세는 고스란히 느낄 수 있었던 탓에 학생들은 전부 긴장감으로 침을 꿀꺽 삼켰다.

"어, 엄청 나."

"와……."

이어지는 무혁과 도란의 본격적인 대련.

무혁은 검을, 도란은 활을. 끊임없이 움직이며 공방을 주고받는 모습에 어느새 고요한 적막이 내려앉는다.

나도…… 나도, 강해지고 싶다.

대부분이 비슷한 생각을 하고 있었다.

그사이 무혁과 도란, 둘의 속도가 한층 더 높아졌고.

"크윽……!"

한계에 부딪힌 도란이 공격을 당하는 것으로 대련이 종료되었다.

"고생했어."

"후우, 고생하셨습니다. 주군."

이번 대련에서 무혁은 사용하지 않고 있던 스킬들을 한 번씩 쓰면서 몸에 익혔다. 도란은 무혁과의 대련에서 있는 힘을 전부 사용해 보며 한계를 시험할 수 있었으니 둘 모두에게 나쁘지 않은 일이었다.

"좀 쉴까?"

"예, 주군."

도란은 호흡을 고르며 휴식을 취했고 무혁은 아카데미 학생들과 이런저런 이야기를 나눴다.

"내가 특기를 좀 볼 줄 알거든."

"저, 정말요?"

"그래, 그래서 몇 명의 학과를 바꾼 거고."

"아……!"

그들과 충분한 시간을 보냈다.

잠시 후 혼자만의 시간을 갖기 위해 영주실로 들어갔다.

흠, 조용하네.

어차피 업무는 라카크가 보고 있었기에 할 일이 없었다.

오랜만에 강화나 하자.

아직 미진한 아이템들이 꽤 있었다.

무기도 구해야 하고.

유저를 상대로는 백마군의 단검이 최고였지만 몬스터를 상대로 사용할 마땅한 무기가 없었다.

생각난 김에 일을 처리하기로 결정을 내렸다.

일단 무기부터.

경매장에서 한 손 무기, 그리고 양손 무기 전부를 살펴보기로 했다. 이젠 방패를 사용하지 않아도 되었기에 꼭 장검일 필요가 없었기에.

대검도 괜찮지.

공격력은 확실히 양손 무기가 최고였다. 게다가 무혁이 사용하는 스킬도 장검이나 대검의 구분은 없었고 말이다. 몇 가지 무기가 썩 괜찮았다.

괜찮긴 한데.

그게 100퍼센트 마음에 든다는 소리는 아니었다. 안타깝게

도 전부 하나씩은 부족함이 있었다. 공격력이 아쉽거나, 혹은
부가적인 옵션들이 아쉽거나.

"으음."

약 20분이 넘도록 헤매던 중 새롭게 올라온 무기가 눈길을
끌었다. 장검인 듯, 대검인 듯 애매한 길이와 크기였지만 옵션
을 보는 순간 그 이유를 알 수 있었다. 공격력과 부가적인 옵
션. 두 가지를 모두 잡은 무기였던 것이다.

몇 가지 걸리는 게 있기는 했다.

사용 제한이 높다는 점.

이 부분은 당연하게도 무혁에게는 문제가 될 게 없었다.

덕분에 값이 싸니까 이득이지, 뭐.

사용 제한이 높지 않았더라면 현재 가진 골드로는 구매할
수 없었을 것이다.

두 번째로는 애매한 포지션. 그러나 이내 고개를 젓는다. 능
력만 된다면 충분히 장검의 형식으로 사용할 수 있었기에.

"괜찮은데, 진짜……?"

보면 볼수록, 생각하면 할수록 마음에 들었다.

게다가 입찰 경매도 아니었다.

골드가 안 남긴 하겠지만, 별수 없지.

['바바로젠의 위대한 검'을 구매합니다.]

정말 좋은 아이템을 싸게 샀다는 생각에 기분이 좋아졌다.

다만, 홍분을 가라앉히고 보니 미처 자각하지 못하던 문제점이 보였다.

아, 강화 재료가 부족하잖아?

지금 있는 재료는 실패하지 않는다고 가정할 경우 5강 정도가 최고였다. 강화 수치도 마음에 들지 않지만 무엇보다도 바바로젠의 위대한 검에 사용해 버리면 골드도, 재료로 남지 않게 된다.

현금도 여유분이 없는데…….

결국 고민을 거치다 시간은 조금 걸리지만 확실한 방법을 택하기로 했다. 인벤토리에서 적당한 검을 강화하여 판매하기로 한 것이다.

그리고 망치를 휘둘렀다.

캉, 카앙!

5강까지 다이렉트로 성공한 무기를 경매장 시스템에 올렸다. 판매까지 긴 시간은 필요하지 않았다.

[등록했던 '카샤의 장검'이 판매되었습니다.]

들어온 골드의 일부로 재료를 샀다.

음, 무기는 이걸로.

소지한 골드 내에서 가장 괜찮아 보이는 무기를 구입한 후 또 한 번 강화를 시작했다. 그 행동을 반복하면서 충분한 골드를 쌓아나갔다.

꼬박 이틀을 보내고서야 충분한 자금이 모였다. 무혁은 뒤로 미뤄두고 있던 바바로젠의 위대한 검을 꺼냈고.

장인의 강화!

미뤄둔 만큼의 열정을 망치에 담았다. 6강까지는 역시나 어려움이 없었다. 7강을 시도할 정도가 되니 조금 긴장이 되었다.

캉, 카앙!

긴장과 함께 집중력이 상승했고, 그 상승감은 좋은 결과로 이어졌다.

[강화도가 상승합니다.]

[강화도 : 100%]

[칭호의 효과로 강화 성공 확률이 상승합니다.]

[강화에 성공하였습니다.]

여기서 멈출 이유가 없었다.

9강까지는 가야지.

10강까지 성공한 이력이 있으니 적어도 그 정도는 되어야 만족할 수 있을 것 같았다.

자, 다시.

실패와 성공을 무던히도 반복하던 중.

"후아."

끝까지 포기하지 않으니 이렇게 9강에 올라설 수 있었다.

[바바로젠의 위대한 검+9]

물리 공격력 265(+93)

충격 흡수율 2%(+8%) 무시.

추가 공격력 45(+193)

모든 스탯 +10(+43)

힘 +15(+64)

민첩 +15(+64)

체력 +15(+64)

무게 증가.

내구도 800/800

사용 제한 : 힘 300, 민첩 300, 체력 300.

손이 떨릴 정도의 옵션이었다. 레벨 300 정도까지는 무기를 고민하지 않아도 될 것 같았다.

기쁨을 충분히 만끽한 후 바바로젠의 위대한 검을 옆구리에 찬 검집에 꽂았다. 순간 정신이 번쩍하고 들었다.

어, 시간이……!

시간을 확인하자마자 급히 영주실에서 나왔다. 마침 라카크가 다가오고 있었다.

"영주님, 나오셨군요."

"아, 네."

"조금 늦었습니다. 서둘러야 할 것 같습니다."

"그래야죠."

급히 워프게이트를 타고서 헤밀 제국으로 넘어갔다. 속도를 높여 성내로 진입하니 익숙한 유저 몇 명이 보였다.

"오, 무혁 님."

그들도 무혁을 알아보고 반겼다.

"후, 안 늦었네요, 다행히."

"네, 딱 맞춰 오셨네요."

유저가 먼 곳을 봤고 자연스레 무혁의 시선도 그를 따라갔다.

"아아."

그곳에서 아뮤르 공작이 걸어오고 있었던 것이다.

진짜 딱 맞춰서 왔네.

그를 발견한 유저들이 걸음을 옮겼다.

다른 유저들도 뒤늦게 나아갔다.

"다들 모였군."

아뮤르 공작은 숫자를 확인한 후 곧바로 성내에 위치한 가장 거대한 공간.

"황궁으로 가지."

황제가 기다리는 곳으로 향했다.

"후우, 황궁이라……."

"꽤 크겠죠?"

"아마도요."

유저들끼리 이런저런 담소를 나눈다.

그것도 잠시 곧이어 모두 입을 다물었다. 아니, 다물 수밖에 없었다. 황궁 근처에서부터 느껴지는 기세가 어깨를 짓누른 탓이었다.

"으음……!"

가까워질수록 압박이 강해졌다.

아, 또 그건가?

무혁은 순간 웃음이 새어 나왔다.

예전에 경험했던 적이 있으니까.

뭐, 이제 시작이지.

황궁의 입구를 지나고 긴 복도에 들어섰다.

여기서부터가 진짜였다.

좌, 우측에 도열하고 있던 기사들이 발을 가볍게 굴렀다.

쿠웅!

선두에서 걷고 있는 아뮤르 공작과 무혁을 제외한 나머지 유저 아홉 명이 비틀거렸다. 다급히 몸을 추스르며 정면을 바라봤다.

"크윽, 뭐, 뭐야……."

아뮤르 공작이 고개를 돌렸다.

"폐하를 뵙기 위한 과정이 쉬울 리가 없지."

"어, 어떻게 해야 합니까?"

"그저 걸으면 된다."

그 말과 함께 무혁을 쳐다보는 아뮤르 공작.

눈빛이 말하는 바를 이해했다.

무혁은 앞으로 나서 흔들리지 않고 걸어갔다.

후웁……!

물론 겉과는 달리 무혁도 꽤 고생하는 중이었다.

이거, 정말, 신기하단, 말이야.

레벨과 관계없는 정신적인 충격. 육체적인 압박감이 느껴진다. 과거와 조금도 달라지지 않은 수준의 강한 기세였다.

무혁이 강해진 만큼 기세는 약해져야 하지만 그렇지 않았다. 그래서 신기하다는 생각이 들었다.

쿠웅!

무혁은 파고드는 기세를 버티지 않았다.

그저 몸을 내줄 뿐.

그 한 번의 경험이 무혁에게 안긴 깨달음이었다.

"보았겠지?"

무혁의 뒤를 아뮤르 공작이 따랐고 나머지 유저 아홉 명도 뒤늦게 정신을 차리고선 황급히 마음을 다잡았다.

이까짓 거……!

같은 유저인 무혁도 버틴 기세였다. 여기까지 올 정도의 실력자인 만큼 쉽게 굴복하지 않았다. 하지만 그럴수록 기세 역시 강해졌고.

"허, 허억, 허억……."

복도의 끝에 다다랐을 땐, 다들 몸을 제대로 가누지 못했다.

"문을 열어라."

"예."

문지기가 문을 열자 붉은 카펫이 놓인 좁은 길이 드러났다. 좌우의 넓은 공간은 새하얀 바닥으로 가득했고 그 끝에는 무장을 한 기사들이 도열해 있었다.

그들에게서 시선을 떼고 붉은 카펫을 따라 시선을 올리면 저 높은 곳, 황금으로 수놓아진 의자에 보이고. 나른한 표정으로 걸터앉은 황제가 시야에 들어온다. 단순히 NPC라고 불리기엔 존재감이 너무나 거대한 한 명의 절대자가 말이다.

"예를 갖추라!"

황급히 고개를 숙이는 유저들.

"폐하를 뵙습니다."

"그래, 오느라 고생했겠군. 모두 고개를 들어라."

유저들이 고개를 들었다. 그러나 황제의 무료한 듯한 눈동자 깊은 곳, 꿈틀거리는 미증유의 힘에 자기도 모르게 침을 삼키고 말았다.

"그래, 시간도 없으니 시작하지."

"예, 폐하."

곧바로 보상이 지급되었다.

"모두에게 준남작의 작위를 수여한다."

"……!"

예상은 했지만 현실이 되니 감회가 새로운 모양이었다. 무혁을 제외한 모두가 드디어 귀족이 되었다는 듯 각자만의 승리 모션을 취했나.

"다만, 기여도 1위에 해당하는 무혁 준남작의 경우에는 두 단계의 진급을 명한다. 즉, 자작이 되었음을 공표하노라."

무혁은 그다음이었다.

자작……? 남작이 될 줄 알았는데, 그걸 뛰어넘어 버렸다.

"감사합니다."

보상은 그게 전부가 아니었다.

"추가로 모두에게 황궁 창고에 입장할 수 있는 권한을 주겠다. 단, 선택하여 들고나올 수 있는 물건의 수는 각자 다르니 감안하도록 하라."

물건의 숫자가 다르다?

[퀘스트 '황궁 창고 입장'이 강제로 수락됩니다.]

[황궁 창고 입장]

[헤밀 제국에 그간 모았던 무수한 보물들이 잠들어 있던 공간, 황궁 창고에 입장하게 되었다. 그곳에서 마음에 드는 아이템을 선택하라.

제한 : 아이템 3개.]

무혁에게 떠오른 홀로그램이었다.

3개라.

다른 사람들을 슬쩍 쳐다봤지만 말이 없어서 알 수는 없었다.

뭐, 내가 1위니 가장 많겠지.

"아뮤르 공작."

"예, 폐하."

"저들을 황궁의 창고로 안내하라."

"명을 받듭니다."

답답한 공간을 벗어날 수 있게 되었다.

아뮤르 공작을 따라 무수한 보물이 깃든 창고로 들어섰다.

그곳에는 아이템만 있는 게 아니었다.

"미친, 스킬도 있잖아?"

누군가의 혼잣말에 나머지 유저들이 우르르 그곳으로 모여들었다.

"와, 대박이네요. 이거."

"이건 제 겁니다."

어떤 유저는 벌써 스킬북 하나를 택해 버렸다.

"벌써요? 더 보시고 고르시지……."

"아뇨, 제가 가장 원하던 거라서요."

"오, 그럼 축하드려야겠네요."

"하하, 네. 고맙습니다."

대답을 한 유저가 웃으며 등을 돌렸다.

응?

그대로 창고에서 나가 버리는 그.

9위였던가, 저 유저가?

아무래도 하위권은 단 1개만 선택할 수 있는 모양이었다.

몇 명의 유저가 희미하게 웃고 있는 모습이 보였다.

마치 승자의 그것처럼.

흠, 2, 3위 유저들이네.

무혁은 조금 더 지켜보기로 했다.

"후, 저도 골랐네요. 수고하세요."

한 명씩, 유저들이 창고에서 나가고 마지막으로 셋이 남았다. 무혁, 황용석, 아르카였다.

황용석은 재벌3세로 유명한 자였다. S대기업의 둘째 아들. 게다가 길드의 장이기까지 한 사내와 오직 실력으로 지휘권을 따내고 유저들을 이끌어 3위를 차지한 아르카. 둘은 나머지 유저가 모두 나가고서야 본격적으로 움직였다.

이미 생각하고 있던 아이템이 있었던 걸까. 빠르게 물건을 인벤토리에 넣더니 한 명씩, 창고에서 나갔다.

황용석은 아무런 말도 없었고 아르카는 무혁을 보며 고개를 살짝 숙였다.

"수고하세요."

"아, 네."

혼자 남게 된 무혁이 씨익 웃었다.

두 개씩이었어.

앞서 나간 황용석과 아르카는 분명 두 개의 아이템을 챙겼다.

난 3개. 1위에 대한 대우는 확실했다.

나쁘지 않은 기분으로 스킬북을 첫번째로 골랐다.

[남은 선택권 : 2번.]

다시 한번 스킬북을 고르고.

[남은 선택권 : 1번.]

마지막 하나는 아이템을 선택했다.

"끝."

무혁은 홀가분한 마음으로 창고에서 나왔다.

"선택은 끝나신 겁니까."

"네."

대기하던 기사가 길을 비켜줬다.

"아뮤르 공작님께서 나중에 한 번 들르라 말씀하셨습니다."

"고마워요."

그 말은 지금은 괜찮다는 소리였다.

이제 돌아가야지.

가는 길에 성민우, 예린, 김지연에게 메시지를 보냈다.

[무혁 : 뭐 하고 있어?]

[강철주먹 : 나 직업 퀘스트 중! 며칠 걸릴 듯.]

[예린 : 다람쥐 말구 괜찮은 동물 없는지 찾아보고 있었어.]

[김지연 : 민우 오빠랑 같이 있어요.]

성민우와 김지연은 같이 있으니 신경 쓸 필요가 없었다.

퀘스트도 하고 있다니까.

예린에게는 칼럼으로 오라고 제안했다.

[예린 : 알겠어, 지금 갈게!]

[무혁 : 그래.]

채팅을 종료하고 새롭게 얻은 스킬북을 펼쳤다.

[스킬 '자연 회복'을 습득합니다.]

[스킬 '마나 드레인'을 습득합니다.]

[자연 회복 1LV(0%)]

총 HP와 MP의 양에 비례하여 자연 회복량이 증가합니다. 패
시브 스킬입니다.

[마나 드레인 1LV(0%)]

상대방의 마나를 빼앗아 MP(5%)를 회복합니다.

소모 MP : 50

쿨타임 : 30초

별것 아닌 것처럼 보이지만 무혁에겐 아주 효용이 높은 스
킬이었다. 데스 스켈레톤 소환이 생기면서 보다 더 많은 MP가
필요해진 탓이었다.

나한테는 딱이지.

MP가 높으면 높을수록 효과가 급증하는 스킬들이었기에
다른 유저에 비해 효율이 훨씬 뛰어났다. 마나 드레인의 경우

1레벨임에도 불구하고 MP를 5퍼센트나 회복해 주는데, 무혁을 기준으로 하게 되면 그 수치가 무려 3천이 넘어간다.

30초마다 3천이면 데스 스켈레톤 60마리를 불러낼 수 있는 양이었다. 진정, 혜자스럽다고 하지 않을 수 없었다.

[검은빛의 무릎 보호대]

모든 방어력 +40

모든 능력치 +15

HP +1,000

MP +1,000

HP 회복률 증가.

MP 회복률 증가.

내구도 500/500

사용 제한 : 힘 250, 체력 250.

게다가 이번에 얻은 아이템도 상당히 좋았다. 무릎 보호대였는데 아직 무혁에겐 없는 아이템 부위였던지라 신선하면서도 효율적이었다.

움직임에 방해는 안 되겠지?

아이템을 착용한 후 이리저리 움직여 봤다.

음, 괜찮은데.

거치적거리는 느낌이 없어서 마음에 들었다.

칼럼에 도착하면 강화부터 해야겠네.

흡족한 표정으로 걸음을 서둘렀다. 워프게이트를 이용해 칼럼 소도시로 넘어왔다.

"음⋯⋯?"

분위기가 이상했다.

분주한 느낌. 돌아다니는 이들의 표정에도 급박함이 서려 있었다.

"어, 여, 영주님!"

"영주님이다!"

일부는 무혁을 알아보고 급히 다가왔다.

"무슨 일이죠?"

"그, 그게."

"그러니까 몬스터, 몬스터가⋯⋯!"

그들이 무어라 말하려는데 저 멀리서 큰 소리가 들려왔다.

"영주님!"

"주군!"

고개를 들어보니 라카크와 도란이 뛰어오고 있었다. 좀처럼 보이지 않는 둘의 모습을 확인하며 앞에 있는 이들에게 양해를 구했다.

"저기 두 사람이 자세하게 알려줄 것 같네요."

"아, 초, 총관님이라면 당연히⋯⋯!"

"도란 경도 있어."

"영주님, 구해주세요, 꼭!"

갑자기 구해달라니. 누가 쳐들어오기라도 한 걸까.

"네, 걱정 마세요."

일단은 그들을 안심시킨 후 라카크와 도란에게 다가갔다.

"무슨 일이에요? 도란, 무슨 일이야?"

"보, 보……."

"보?"

"보스, 보스 몬스터가 나타났습니다!"

무혁의 표정이 일그러졌다.

"어디에?"

"나, 남문입니다!"

도란의 대답. 이어지는 라카크의 걱정스러운 어투.

"영주님, 일부 이방인과 병사들이 시간을 끌고는 있지만 이 대로 두면 금방 소도시 내로 침입하게 될 것 같습니다."

"제가 처리할 테니까 마을 내부 혼란만 수습해 주세요. 그래도 혹시 모르니 정예 병사들과 기사, 마법사는 남문으로 집결시켜 주시고요."

"예, 영주님."

"도란, 너는 병사들이랑 함께 남문 입구를 지켜."

"알겠습니다, 주군!"

대답을 듣는 것과 동시에 윈드 스텝을 사용했다.

파바바밧.

엄청난 속도로 질주하는 무혁. 이윽고 남문을 통과했고, 눈에 들어오는 거대한 크기의 몬스터를 바라보며 걸음을 멈췄다.

"후우."

그나마 다행이랄까. 보스 몬스터는 레벨과 이름 정도는 알고 있는 녀석이었다.

레벨 170의 삼두견. 머리가 3개 달린 거대한 개였는데 몸집만 해도 대규모 저택을 연상시킬 정도였다. 꼬리의 길이가 무려 버스 한 대의 크기였으니까.

크르르……!

놈이 유저를 무자비하게 학살하고 있었다.

"미친, 더럽게 세네!"

"보스 몬스터잖아, 병신아!"

"그래도……."

"크기를 봐! 웬만한 빌라 2, 3채보다 크다고!"

"하, 제길."

"그냥 도망쳐!"

그러나 피하지 않는 이들도 있었다. 남문을 지키는 이들. 칼럼 소도시의 NPC 병사들이었다. 그들은 혹시나 성벽이나 남문에 피해가 갈까 봐 조금 앞으로 나와 있는 상태였다.

유저들이 도망치고 나면 다음 목표물은 그들이 될 것이 분명했다.

"병사들은 당장 물러나라!"

무혁은 다급히 외쳤고.

"여, 영주님?"

"어서!"

"예, 영주님!"

그제야 병사들이 제자리를 찾아갔다. 공포와 결의가 뒤섞인 그들의 표정을 보니, 두려움에 굴복되지 않은 그들의 용맹함에 감탄을 느끼면서도 한편으로는 화가 치밀었다.

입구를 지키는 게 뭐라고…… 거기에 목숨까지 바치는 것일까. 하나뿐인 목숨을.

문 너머에 가족들이 있기 때문일까? 무언가를 지키기 위해서?

고마움과 분노가 뒤섞인 채로 안도했다. 늦지 않았다는 사실에.

"고생했다."

"가, 감사합니다……!"

고개를 돌려 눈앞에 있는 삼두견을 바라봤다. 놈에게서 느껴지는 위압감이 상당했다.

"후우."

하지만 피할 순 없었다. 유저도 없고, 도움을 청할 곳도 마땅치 않았다. 무엇보다도 아직 완전히 사라지지 않은 이 분노를 놈에게 표출할 필요가 있었다.

성내는 라카크가 알아서 하겠고 보스 몬스터만 처리하면 된다. 혼자는 위험할지도 모르니까, 만약을 대비하여 예린에게 메시지를 보냈다.

[무혁 : 예린아, 지금 칼럼 소도시 남문에 보스 몬스터 떴거든. 최대한 시간을 끌기는 할 텐데 안 될 수도 있으니까 지금 홈페이지에 접속해서 상황 좀 알려줘. 보스 몬스터가 나왔다고만 해도 레벨 좀 되는 유저

는 여기로 올 거야.]

답장을 확인할 시간은 없었다.

일단 유인부터!

풍폭, 파천궁술 제3초식, 파천사.

가장 강력한 원거리 스킬을 사용했다.

후우우웅.

어마어마한 에너지가 화살의 촉에 모여들었고 그 힘을 읽은 삼두견이 행동을 멈췄다. 머리 세 개가 동시에 무혁을 향해 움직이고, 이글거리는 여섯 개의 눈동자가 운석처럼 떨어져 내린다.

지금!

쏘아진 화살이 삼두견의 얼굴로 뻗어 나갔다. 놀란 삼두견이 급히 몸을 튼 탓에 표적이 빗나가긴 했지만 그래도 얼굴 근처에 상당한 충격을 입히긴 했다.

놈의 포효가 그 증거였다. 이 고통을 입힌 무혁을 찾기 위해 사방을 황급히 훑었다.

"여기라고!"

무혁은 이미 남문의 반대편으로 질주하고 있었다.

크워어어엉!

삼두견이 그런 무혁을 쫓아갔다.

"야, 야. 우리도 가자!"

"뭐? 미친. 가긴 어딜 가?"

"방금 못 봤냐?"

"봤지. 근데 뭐?"

"병신아. 무혁 유저라고, 무혁!"

"어……? 진짜? 구라 아니냐?"

"진짜라고, 그리고 여기 칼럼 소도시, 무혁 유저가 영주로 있는 데잖아!"

"아, 맞다, 그랬지?"

"야, 야. 다 쫓아가잖아! 우리도 녹화 켜고 가자!"

"그, 그래. 가야지!"

멀어지는 작은 점 하나. 그리고 거대한 삼두견을, 생각보다 많은 유저가 뒤따르기 시작했다.

　

도망치면서도 틈틈이 화살을 날렸다.

둔화의 독, 약화의 마비, 출혈의 눈물. 이미 파훼 물약이 등장해 유저에게는 사용하지 않았던 물약들을 오랜만에 꺼냈다.

팡, 파앙!

공격을 당할 때마다 삼두견은 각종 상태 이상에 걸렸다. 그러나 분노가 신체 능력을 올려주기라도 하는 것일까. 포효와 함께 기존보다 더 빠른 속도로 다가왔다.

흠, 둔화의 독에 걸렸는데도……!

무혁과의 거리가 순식간에 좁혀졌고 삼두견은 거칠게 앞발을 내리꽂았다. 하지만 그런 단순한 공격에 당할 무혁이 아니었다.

백호보법.

떨어지는 거대한 앞발을 피하기 위한 길이 보였다.

빈틈은 뒤쪽. 급정지 후 뒤로 물러서자 바로 앞으로 삼두견의 앞발이 내리꽂혔다.

콰아앙!

거대한 소리와 함께 바닥이 깊게 파였다.

무혁은 솟구치는 먼지를 뚫고서 다시금 전력으로 질주했고 삼두견 역시 분노로 이글거리는 눈빛으로 지면을 밀어냈다.

크워어어억!

다시금 순식간에 좁혀지는 거리.

머리 하나가 날아든다.

좌측으로 방향을 꺾어서 피해냈다.

이후로도 아슬아슬한 상황이 꽤나 연출되었다.

몇 번은 공격에 직격당하기도 했고.

"크읍……!"

하지만 바로 일어나 다시 달렸다. 그제야 칼럼 소도시의 남문이 보이지 않게 되었다.

이 정도면 충분하겠지.

도망칠 이유가 사라진 것이다.

"후읍!"

자리에 멈춰 활을 인벤토리에 넣고 허리춤에 꽂힌 검을 뽑아 들었다.

바바로젠의 위대한 검. 꽤나 컸음에도 불구하고 무혁에겐 부담이 되지 않았다. 무게 증가 옵션조차 무시할 힘 스탯을 지니고 있었기에 한 손으로 가볍게 쥔 채 허공에서 내리꽂히는 삼두견을 바라봤다.

인벤토리에서 둔화의 독을 꺼내 검날에 바른 후 지면을 찼다.

백호검법 제2초식, 백호파.

순간 무혁의 몸이 빛으로 휩싸이며 놈에게로 쏘아졌다.

콰아앙!

삼두견의 공격은 당연히 무위로 돌아갔다. 그사이 놈의 신체를 두드리며 얼굴 위로 올라간 무혁이 가장 약해 보이는 눈 주위를 무차별적으로 가격했다.

파바바바방!

빛과도 같은 빠름 삼두견이 할 수 있는 건 없었다.

크워어어!

괴성과 함께 몸을 이리저리 틀 뿐.

놈을 적당히 두드린 후 아래로 내려와 삼두견과 거리를 벌렸다. 검을 검집에 꽂고 화살을 꺼내어 혼란의 물약을 묻혔다. 활의 시위에 걸고서 강하게 당긴 후 놓았다.

스켈레톤 전원 소환.

사방에서 모래 폭풍이 불어닥쳤다.

직후 혼란의 물약이 묻은 화살이 삼두견의 피부에 꽂혔다.

[보스 몬스터 '삼두견'이 3초간 신체 지배력을 잃습니다.]

집중력을 끌어올려 스켈레톤을 지휘했다. 삼두견과 거리를 좁히고, 사방으로 퍼지면서 포위망을 형성하게 만들었다.

포위망이 얇아.

조금 더 촘촘하게 만들 필요가 있었다.

데스 스켈레톤 소환.

[데스 스켈레톤을 소환하기 위해선 제물이 필요합니다.]

제물은 일반 검뼈와 일반 기마병. 나타난 데스 스켈레톤의 숫자는 무려 250마리. 덕분에 포위망을 한층 더 완벽하게 구성할 수 있을 것이다.

그러나 3초란 시간은 그리 길지 않았다.

파앙!

무혁이 화살 한 대를 더 날렸다.

[보스 몬스터 '삼두견'이 3초간 시야를 잃습니다.]

놈이 정신을 차리지 못할 때 포위망을 확실히 구축하는 게 좋았다.

됐어.

아슬아슬하게 완성된 포위망.

"제대로 놀아보자고."

곧바로 데스 스페이스를 사용해 놈의 신체 능력을 떨어뜨렸다. 직후 메이지에게 마법을 명령.

콰아아아앙!

쏟아진 마법들이 삼두견을 휘청거리게 만들었다.

피해도 어마어마한 수준.

그러나 보스 몬스터답게 금세 털어내고서 몸을 비틀었다. 포위망을 형성하고 있던 아머나이트가 방패를 들어 막았다.

콰아앙!

강한 소리와 함께 아머나이트가 밀려났다. 그러나 뒤에 위치한 이들이 막아준 덕분에 포위망이 일그러지진 않았다.

무난한데?

무혁의 입장에선 충분히 만족스러웠다. 보스 몬스터가 상대였으니까.

아니, 당연한 건가.

이번에 새롭게 얻은 무릎 보호대를 제외한 나머지 방어구의 강화를 마친 상태였다. 그것도 장인의 강화로 말이다. 압도적으로 상승한 스탯은 소환수에게도 영향을 미치는 바. 스켈레톤 개개인의 무력은 대륙 전쟁을 하기 전과는 차원이 다른 수준이었다.

크워어어?

삼두견의 얼굴 세 개가 왼쪽으로, 또 오른쪽으로 움직였다.

갸웃거리는 모양새. 아마 역시 의문이었던 모양이다. 한낱 뼈다귀가 자신의 공격을 막아냈다는 사실이.

이내 분노로 점철된 괴성과 함께 앞발을 들어 올렸다. 마치 이것도 막아보라는 듯.

돌진! 돌진! 돌진!

그러나 당해줄 이유가 없었다. 측면에 위치하고 있던 아머기마병 일부가 달려들었다.

쿠웅.

앞발이 들린 탓에 균형이 한곳으로 쏠린 삼두견. 그러나 아머기마병의 힘만으로는 넘어뜨리는 게 힘들었다. 그 순간, 아머기마병이 달려들었던 방향에서 각종 마법이 날아들었다.

아머메이지의 2차 마법이었다.

크워어어어……!

삼두견은 결국 버티지 못하고 옆으로 쓰러졌다.

파워샷. 가속 찌르기. 강한 일격.

넘어진 놈에게 스킬을 난사했다. 다만 데스 스켈레톤만이 자리를 지키고 있었다.

강화부터 해야지.

스킬을 사용한 일반 메이지를 제물로 삼아 데스 스켈레톤을 강화했다. 한층 기세가 살아난 녀석들이 주먹을 내질렀다.

-연속 찌르기!

그 순간 쓰러진 삼두견의 꼬리가 날아들었다.

가격당한 데스 스켈레톤이 자폭했다.

크워어어!

그에 피해를 입은 삼두견이 황급히 몸을 뒤집으며 일어났다. 이리저리 움직이려는 녀석을 아머나이트가 방해했다. 더 이상 견디지 못한 삼두견이 지면을 강하게 찼다.

파아앗.

점프해서 다른 곳으로 이동할 생각이었던 모양. 그러나 날아든 마법과 뼈 화살이 그마저도 방해를 해버렸다. 주변 아머기마병이 돌진을 사용해 궤도를 비틀기까지 했다.

물론 그럼에도 삼두견을 완벽하게 막을 순 없었다.

포위망 이동!

그래서 무혁이 직접 나서 놈을 상대했다.

그사이 다시 포위망을 구축. 접근!

또 한 번 아머나이트와 데스 스케렐톤, 그리고 아머기마병으로 강한 압박을 가했다.

풍폭, 파천궁술 제3초식, 파천사.

어느새 뒤로 물러난 무혁이 원거리 스킬로 놈에게 타격을 입혔다.

[8,100의 대미지를 입힙니다.]
[속성 타격(3,200)이 발동합니다.]
[14,580의 추가 대미지를 입힙니다.]
[속성 타격(5,832)이 발동합니다.]

대미지를 슬쩍 확인하며 미소를 지었다.

분위기 좋은데?

지금까지는 충분히 만족스러웠다. 그러나 찝찝한 구석이 있었다. 무려 보스 몬스터였다. 비록 170레벨이라곤 하지만 그 이름이 어디 가는 건 아니었다.

이렇게 쉬울 리가 없는데…….

이내 고개를 털어내고 삼두견 사냥에 집중했다.

제2장
기여도 1위

무혁을 따라온 유저들은 생각보다 많았다.

"와, 미친. 저게 몇 마리야?"

"한 500마리……?"

"저게 가능하냐?"

"나야 모르지, 병신아. 랭킹 2위까지 올라가 보든가. 그럼 가능한지 아닌지 알 수 있겠지."

"미친놈."

놀람과 감탄, 그리고 부러움과 질시가 뒤섞인 공간.

"저거 크기만 하지, 사실은 약한 거 아냐?"

"너 아까 꼬리에 스쳤다가 빨피 됐다고 하지 않았냐?"

"야, 그건……."

"쯧, 부러워할 걸 부러워해라."

"크흠."

"뭐, 그래도 확실히 세긴 하네."

"그치?"

"어, 스켈레톤이 보스 몬스터한테 몇 번이나 공격당하는데도 안 죽잖아."

"음, 저거 정령이 맞나? 쟤가 치료해 주는 거 아니냐?"

"아, 그러네."

새하얀 빛이 내려가는 이펙트. 분명 치유 계열이었다.

"와, 미쳤네. 안 그래도 센데 치유까지?"

"쟤들은 자폭도 하더라."

"야, 이러다가……."

"뭐."

"무혁 유저 혼자서 보스 몬스터 사냥하는 거 아니냐?"

"음……!"

가능성이 없는 건 아니었다.

"아니, 지금 상황만 보면 뭐 거의 확실한가?"

"부럽네. 보스 몬스터 솔로 레이드라니."

"어……? 야, 야."

"왜!"

"보스 몬스터 혼자 잡은 유저 있었던가?"

"음, 없었지?"

"미친. 너 제대로 찍고 있지?"

"어, 찍고 있지."

"진짜 성공하면 영상 대박으로 퍼질 거 아냐!"

"아……!"

더 이상의 대화는 의미가 없었다.

"집중하자고!"

무혁과 삼두견의 전투를 본격적으로 촬영하기 시작했다.

일루전 TV를 통해서 보고 있는 방청자 역시 흥분을 감추지 못했다.

-쩐다, 쩐다, 지린다!

-미쳤다아아아! 혼자서 보스 레이드라니!

-가즈아아아!

-와, 혼자서 밀어붙이고 있네요. 진짜 무혁 님…… 스릉합니다!

누군가는 홈페이지에 글을 올리기도 했다.

[제목 : 지금 솔로 보스 레이드하고 있습니다!]

[내용 : 일루전 TV인데 보러 오세요! 링크 남겨요!]

└**구라 사절요.**

└**사기 ㄴㄴ.**

└**어휴, 좀 말이 되는 소리를 해요. 보스 몬스터가 무슨 장식인 줄 아**

시나ㅋㅋ

　└관종한테 먹이 투척하지 마세요.

　처음에는 부정적인 댓글이 대거 달렸다. 그러나 시간이 흐르면서 조금씩 분위기가 반전되었다.

[제목 : 보스 레이드, 혼자서 잡네요⋯⋯.]
[제목 : 와, 무혁 님 대박. 혼자 보스 몬스터 사냥 중!]

　비슷한 글이 틈틈이 올라온 덕분이었다. 게다가 내용도 보다 자세해졌다.

[제목 : 현재 칼럼 소도시 남문 아래, 무혁 님이 솔로 보스 레이드를!]
[내용 : 하고 있습니다. 칼럼 소도시의 영주가 무혁 님인 건 아시죠? 거기 남문 근처에 갑자기 보스 몬스터가 등장해서 난리가 났죠. 160레벨 사냥터인데 보스 몬스터라니⋯⋯! 유저고 NPC 병사고 멘붕에 빠져 있는데!

　갑자기 무혁 님이 뚜둥! 하고 등장해서는 유인해 가더라고요. 급히 따라가서 싸우는 거 지켜보고 있는 중인데⋯⋯ 와, 진짜 말로는 설명할 수가 없어요.

　지금 실시간 방송 중이니까 제 사이트 와서 당장 보세요! 링크 남겨요!]

　└전 일루전 TV에서 보고 있어요ㅋㅋ

└진짜 리얼임, 이거.

└팩트임, 구라 아님. 선동 아님. 레알임!

└관종도 아님. 진짜임. 당장 가서 보라고오오오!

└이게 진짜라고요?

└ㅇㅇ 진짜임. 무혁 님 모름?

└알긴 아는데, 그래도…….

└직접 보셈, 그냥. 말이 많으시네!

└ㅇㅇ…… 보고 오겠음. 아니기만 해보셈. 님 손에 장 지져야 함.

└ㅇㅋ.

당연히 손에 장을 지지는 일은 벌어지지 않았다.

저 모든 것이 사실이었으니까.

-어, 근데요. 잠시만요!

-왜요?

-지금 분위기 좋은데!

-아뇨, 전혀 안 좋아 보이는데요? 조금씩 밀리고 있는 것 같은데……

제 눈이 잘못된 건가요?

-어, 맞네요. 지금 보니까…….

-무혁 님이 밀리고 있음.

-헐, 뭐지?

-어떻게 된 거?

-제가 집중해서 봤는데 삼두견이 조금씩 계속 세졌음.

-리얼요?

-네, 나름 보스 몬스터라 그런지 확실히 뭔가 있네요.

-설마 뭐 HP가 줄어들수록 더 빨라지고 더 세지는 그런 스킬이라도 있는 건가요…….

-그럴지도 모르죠…….

-상황만 보면 그럴듯한 추측임.

-헐, 아머나이트가 압살당하네.

-와…….

-미쳤다!

-이거 잘하면 지겠는데요?

-아직은 모름.

-오, 흥미진진……!

-크, 손바닥에 땀이 흥건합니다요!

-팬티 준비하러 다녀옴!

-저도!

그러는 사이 전투가 조금 더 치열해졌다.

⬤

어느새 감당하기 어려울 지경으로 놈의 움직임이 빨라지고 공격 하나하나가 파괴적으로 변해 버린 삼두견.

"후-우."

이유는 정확하게 알 수 없었다. 워낙 생긴 것에 대한 특징이 뚜렷했던지라 이름과 레벨 정도는 보는 순간 바로 떠올랐지만, 어떤 스킬을 지녔는지는 알지 못했으니까.

아무튼, 귀찮은 놈이었군.

무혁의 눈동자에 긴장감이 감돈다. 이제부터라도 안정적으로 운영할 필요가 있었다.

마나 드레인. 먼저 MP부터 회복했다.

푸른빛이 뻗어 나가 삼두견을 휘감았다.

절대 피할 수 없는 스킬.

[MP(3,291)가 회복됩니다.]

덕분에 MP가 상당히 차올랐다.

음, 스킬도 아껴야겠는데.

스켈레톤 소환으로 소모되는 MP에 스킬로 사용될 MP까지는 아직 감당이 되지 않았기 때문이다. 이대로 계속 몰아붙였다가는 MP가 너무 빨리 소모될 우려가 있었다. 그러면 정말 아무것도 할 수 없게 된다.

지금부터는 마나 드레인으로 MP를 끝까지 채우고, 여유가 생길 때만 스킬을 사용하며 피해를 입히는 방식으로 운영할 생각이었다.

보다 안정적으로. 조금씩 대미지를 주는 것.

시간은 충분해.

서두르지만 않는다면 기회는 반드시 올 것이다.

데스 스켈레톤 12, 13, 14 뒤로 그 자리를 다른 데스 스켈레톤으로 채웠다.

아머나이트 1, 피해 흡수. 치유의 정령, 아머나이트 1에게 암흑 회복.

버티고 또 버텼다.

마나 드레인. 그사이 다시 한번 MP를 회복하고.

인벤토리에서 혼란의 물약을 꺼냈다.

풍폭, 파천궁술 제3초식, 파천사.

삼두견의 머리 하나가 무혁의 공격을 쳐다봤다.

아머기마병, 돌진!

피하기 전에 타격을 입혀 움찔하게 만들었고, 그 틈에 화살이 놈에게 박혔다. 정확하게 삼두견의 눈알에 말이다.

[크리티컬이 터집니다.]

[16,200의 대미지를 입힙니다.]

[속성 타격(5,860)이 발동합니다.]

[추가로 29,160의 대미지를 입힙니다.]

[속성 타격(10,497)이 발동합니다.]

운이 좋았다고밖에 할 수 없었다.

뭐, 그래 봐야…… 피해 자체는 그리 크지 않았다.

크, 크워, 크워어……?

중요한 건 바로 이 부분이었다.

[보스 몬스터 '삼두견'이 환각에 빠졌습니다.]

놈이 환각에 빠졌다는 것.

이 틈에 스켈레톤에게 집중 공격을 명령했다.

물론 스킬은 사용하지 않았다. 어차피 환각의 독에 걸린 이상 일정 HP가 줄어들 때까지는 풀리지 않기 때문이다.

스킬을 사용해서 빠르게 HP를 깎아봐야 의미가 없었다. 오히려 손해라고 볼 수 있었다. 느긋하게 평범한 공격으로 HP를 깎으면서 상황을 주시하는 게 이로웠다.

이 틈에 생각도 좀 하고.

다시 한번 객관적으로 상황을 파악하려 애썼다.

안정적으로 가는 게 맞는 거겠지? 아니면, 아예 폭발적으로?

머릿속으로 여러 그림을 그려본다. 무려 보스 몬스터. 일반 몬스터와는 궤를 달리하는 녀석이었다.

그래, 다시 생각해도 이게 맞아.

안정적인 운영만이 살 수 있는 길이었다. 기회가 오면 잡을 수도 있지만 최우선 목표는 칼럼 소도시를 안전하게 하는 것. 유저가 올 때까지 버티는 게 최고였다.

크워어어어!

그 순간 삼두견이 환각에서 깨어났다. 동시에 푸른 불꽃이 피어나 사방을 뒤덮어 버렸다.

아머나이트, 전원 충격 반환! 나머지는 전원 후퇴!

급히 스킬 사용을 명령했다. 다행히 늦지 않은 모양.

아머나이트의 몸체에서 생겨난 투명한 막이 삼두견의 공격을 흡수하기 시작했다. 아머기마병도 피해는 입었지만 무난하게 거리를 벌렸다.

그러나 데스 스켈레톤은 아니었다. 충격을 받는 순간 자폭을 일으켜 버렸으니까.

쾅, 콰과과과광!

삼두견은 그 충격조차 무시한 채 푸른 불꽃을 더욱 강력하게 만들었다.

[충격을 저장합니다. 1%, 2%, 3%…….]

[20%에 도달합니다.]

[한계치에 달해 에너지를 방출합니다.]

아머나이트 수십 마리가 그 힘을 표출했다. 비록 20퍼센트였지만 10마리만 되어도 합하면 200퍼센트의 수치였다. 30마리가 넘는 아머나이트가 방출했으니 무려 600퍼센트가 넘어가는 공격력인 것이다.

아머나이트가 내뿜은 푸른 불꽃이 삼두견이 뿜어내는 불꽃을 삼키고, 삼두견조차 태워 버리기 시작했다.

고통에 절규하는 보스 몬스터. 그 시간은 생각보다 길지 않았다.

크워어어어어!

포효와 함께 밀려나던 불꽃이 조금씩 기세를 키워 나간 탓이었다. 피해를 입으면서 파괴력이 더 증가한 모양이었다.

그 상태에서 몸을 틀면서 앞발로, 뒷발로, 그리고 머리로, 마지막으로 꼬리까지 활용해 사방을 휘저었다.

퍽, 퍼억! 콰앙!

충격을 입은 스켈레톤이 주르륵 밀려났다. 아직도 사라지지 않은 푸른 불꽃이 스켈레톤을 덮치면서 HP가 지속적으로 하락했다. 놈과 거리를 벌려도 푸른 불꽃은 좀처럼 사라지지 않았다.

미친……!

더 이상 버틸 수 없었다. 이대로 두면 의미 없이 스켈레톤만 잃을 뿐이었다.

전부 뒤로!

결국 포위망을 포기했다.

콰아아앙!

움직임이 자유로워진 삼두견이 멀어지는 스켈레톤을 따라잡더니 맹렬하게 휘저었다.

젠장 저건 막을 방도가 없었다.

포기할 건 포기한다. 대신 자유로워진 스켈레톤은 확실하게 살릴 수 있으리라.

게다가 뒤쪽은 무방비 상태. 메이지와 기마궁수들의 공격을 그대로 허용하고 있었다.

마나 드레인!

그 와중에도 틈틈이 MP를 흡수했다.

크워어어어!

그 순간 삼두견의 몸에서 푸른 불꽃이 다시 한번 폭발했다. 하늘로 솟구친 푸른 불꽃은 수백, 수천 갈래로 찢어지더니 마치 유성우처럼 떨어졌다.

이건……!

무혁이라면 모를까, 스켈레톤의 이동속도로는 도저히 피할 수 없는 수준의 범위였다. 이윽고 비처럼 떨어진 불꽃들이 공간을 잠식했다.

후두둑.

무혁도 전부 피하지는 못했다. 불꽃 하나가 어깨를 살짝 스쳤을 뿐이었건만 놈은 마치 살아 있는 생명처럼 꿈틀거리더니 몸집을 불려 나갔다.

미친……!

아무리 털어내도 사라지지 않았다.

[화상을 입었습니다.]

[HP가 지속적으로 하락합니다.]

사제가 아닌 이상, 할 수 있는 건 없었다. 줄어드는 HP를 그저 바라볼 뿐. 상황은 스켈레톤도 다르지 않았다. 불꽃에 휩싸인 스켈레톤의 HP도 무혁과 마찬가지로 줄어들고 있었다.

당장 역소환이 될 정도는 아니었지만 일정 시간이 지나 버리면 전부 죽어 나갈 게 분명했다.

상황이 달라졌다. 지금으로선 오래 버틸 수가 없었다.

이제 방법은 한 가지.

쓰러뜨린다.

결정을 내림과 동시에 검을 뽑았다.

전원, 지휘 권한 발동.

지면을 밀어내며 삼두견과의 거리를 좁혔다.

접근하는 것도 정면이 아니었다.

측면, 그리고 후면.

놈의 뒷발이 눈에 들어오는 순간 검을 휘둘렀다.

풍폭, 백호검법 제3초식, 백호참.

파천사에 버금가는 강력한 대미지로 삼두견의 뒷발을 가격했다. 그러나 충격에도 놈은 비틀거리기는커녕 반응조차 없었다. 당연한 것이 전방에서 메이지들의 마법이 다수 쏟아져 놈의 얼굴을 두드리고 있어 무혁의 공격에 신경 쓸 겨를이 없었기 때문이다.

타이밍 좋고.

그 틈에 근거리에 도착해 놈의 뒷발을 공격했다.

풍폭, 십자 베기.

순간적으로 휘둘러지는 십자 모양의 검격.

멈추지 않고서 공격을 이어갔다.

풍폭, 풍폭, 풍폭.

연속해서 휘두르고 베고 그어 올렸다.

상처가 미미하게 생겨날 즈음.

크워어어어!

삼두견이 방향을 틀어 무혁을 집중적으로 노렸다.

데스 스켈레톤, 전원 붙어!

삼두견의 뒷발로 달려드는 데스 스켈레톤들.

자폭!

가까이 붙는 순간 전부 터뜨렸다. 폭발의 열기와 광기가 상처 부위를 비집고 들어갔다. 놈이 몸을 움직이면서 폭발의 여파에서 빠져나오는 순간 무혁이 지면을 찼다.

풍폭, 파워 대시.

빠른 속도로 접근해 어깨로 들이박았다.

흐읍!

중심을 바로잡고서 검을 그었다.

서걱, 푸욱.

직후 뿜어진 열기가 무혁을 밀어냈다.

"큭……!"

기회를 엿보던 스켈레톤 몇 마리가 죽어버렸다. 기마궁수와 메이지야 거리가 있으니 위험하지 않았지만, 아머나이트와 아머기마병은 지금 할 수 있는 게 없었다.

좀 이르지만, 별수 없지.

그렇다고 서두를 이유는 없었다. 최대한의 효과를 위해선 냉정하게 상황을 바라볼 필요가 있었기에.

마나 드레인.

MP를 흡수하고서 남은 수치를 확인했다.

3만 2천가량.

살아남은 아머기마병과 아머나이트를 희생하여 데스 스켈레톤을 소환했다.

숫자는 600마리. MP가 2천밖에 남지 않았지만 부족하진 않았다. 데스 스켈레톤은 소환할 때만 MP가 필요했으니까.

소환을 유지하는 것만으로도 MP가 필요한 아머기마병과 아머나이트와는 달랐다. 녀석들이 사라진 이상, 소모되는 것보다는 회복되는 속도가 훨씬 빨랐다.

크워어어어!

삼두견이 몸을 틀어 무혁에게 달려들었다.

앞발이 내려꽂힌다.

어렵지 않게 피했지만 몸이 바닥에 깊이 박혔다.

"하……!"

푸른 불꽃이 갑자기 뿜어진 탓이었다. 파괴력도, 피해도, 그리고 범위까지 넓어서 어떻게 할 수 없었다.

정령흡수!

급히 스킬을 사용했다. 현재 소환되어 있는 데스 스켈레톤, 아머메이지, 기마궁수. 녀석들의 스탯 일부가 무혁에게 흡수되었다.

"후우우……."

발끝에서 일어난 전율이 척추를 타고 올라왔다.

[모든 능력이 대폭 상승합니다.]

[정령흡수로 인해 상승한 스탯은 소환수에게 영향을 끼치지 않습니다.]

 전신을 휘젓는 강렬한 힘에 순간 몽롱해진다. 시야가 아득해지고, 존재하지 않았던 기운에 취해 버렸다.

 크워어어!

 들려오는 삼두견의 괴성에 겨우 정신을 다잡고서 신체에 힘을 줬다.

 파사삭.

 몸을 옥죄고 있던 지면이 두부처럼 으깨졌다. 그곳에서 벗어난 무혁이 다가오는 삼두견의 머리 하나를 지그시 바라본다. 이윽고 접근한 놈의 입이 벌어지고, 마치 그 순간을 기다렸다는 듯 무혁이 팔을 뻗었다.

 풍폭, 백호검법 제1초식, 백호결.

 손에 든 진실한 하나의 검과 환상처럼 피어난 일곱 개의 검이 삼두견의 입천장에 박혔다.

[크리티컬이 터집니다.]
[49,600의 대미지를 입힙니다.]
[속성 타격(27,776)이 발동합니다.]
[89,280의 추가 대미지를 입힙니다.]
[속성 타격(49,996)이 발동합니다.]
[49,600의 대미지를 입힙니다.]×7

[속성 타격(27,776)이 발동합니다.]×7

정령흡수 이후, 공격 스킬 하나를 사용했을 뿐이었다. 아니, 풍폭까지 한다면 2개. 속성 타격은 소환수가 있다면 알아서 나가는 패시브 성격의 스킬이었으니까.

그 모든 것에다가 크리티컬까지 더해지면서 황당할 정도로 높은 피해량이 발생했다.

키아아아아악!

공격을 당한 삼두견도 놀라 휘청거릴 정도였다.

지속 시간은 10분. 그 안에 놈을 쓰러뜨릴 작정이었다.

막지 못한다면?

운이 좋다면 유저들이 막아줄 것이다. 예린이 늦지 않게 홈페이지에 글을 올렸다면 관심이 생긴 유저들이 대거 모여들 수도 있는 일이니까. 하지만 그러지 않을 가능성도 분명히 존재했다. 그렇기에 정령흡수가 유지되는 동안에는 1초도 허투루 사용할 수 없었다.

풍폭, 풍폭, 풍폭.

빠른 움직임으로 앞발과 뒷발을 그었다.

뿜어지는 푸른 불꽃.

"흐읍!"

강한 힘이 무혁을 밀어내려 했지만 버텼다.

지금은, 버티는 게 가능했다. HP가 빠른 속도로 줄었지만 이 정도 피해는 무시하고 공격을 퍼붓는 게 더 이득이었다.

한 걸음이라도 더, 한 대라도 더. 놈에게 다가가 공격을 시도하는 것. 그게 지금으로선 최선인 것이다.

백호보법. 풍폭, 십자 베기. 쏟아지는 검!

순간 녀석이 하늘로 뛰어올랐다. 남은 MP를 확인한 무혁은 고개를 들며 화살을 날렸다.

풍폭, 파천신궁 제3초식 파천사.

무혁은 다시 한번 파천사를 사용했다.

[쿨타임이 돌아오지 않았음에도 스킬을 사용했습니다.]
[페널티를 입습니다.]
[MP(2,500)가 소모됩니다.]

페널티는 5배의 MP 소모. 그러나 개의치 않았다. MP는 충분히 차오른 상태였고 그에 반해 공격 스킬은 쿨타임이 돌아오지 않은 게 많았으니까. 지금은 강제로 스킬을 사용해서라도 놈에게 피해를 입히는 게 더 중요했다.

파천신궁 제1초식, 일점사. 파천신궁 제1초식, 일점사.

일곱 대의 화살이 날아가는 스킬을 연속으로 두 번 사용했다. 14대 전부가 삼두견의 피부를 꿰뚫었다.

키아아아악!

그사이, 놈의 위치가 상당히 내려왔다.

풍폭, 지진!

스킬을 사용해 놈의 착지가 예상되는 지역에 지진을 일으켰다. 다행히 예상은 빗나가지 않았고 놈은 아래로 내려옴과 동시에 균형을 잃고서 비틀거렸다.

풍폭, 격살!

격살을 사용하고 바로 파천신궁 2초식, 무음사를 날렸다.

곧바로 무기를 검으로 바꾸고 백호검법의 3초식인 백호참을 날렸다.

다시, 한 번 더.

[쿨타임이 돌아오지 않았음에도 스킬을 사용했습니다.]
[페널티를 입습니다.]
[MP(3,000)가 소모됩니다.]

2초식인 백호파의 차례였다.

빛이 되어 날아간 무혁이 녀석을 두드렸다.

퍽, 퍼버버벅!

엄청난 대미지가 연이어 들어간다.

[22,600의 대미지를 입힙니다.]
[속성 타격(12,204)이 발동합니다.]
[22,600의 대미지를 입힙니다.]
[속성 타격…….]

한 번의 공격이 들어갈 때마다 34,800에 달하는 대미지가 누적되었다.

퍼버버벅!

무수히도 많은 공격을 성공시킨 후.

"후읍."

바닥에 착지하자마자 또다시 같은 스킬을 사용했다.

퍼억, 퍼버버벅!

삼두견이 발광했으나 빛이 되어 전신을 두드리는 무혁을 잡아낼 순 없었다. 스킬이 종료되고 무혁이 나타난 후에야 삼두견은 발광을 멈추고 그를 노렸다.

피해가 상당히 누적된 탓일까, 정령흡수를 사용하기 전보다 더 강해지고 빨라졌다.

키아아아아악!

앞발이 연이어 주변에 내리꽂히고.

퍼억.

꼬리가 날아와 무혁을 가격했다. 지면을 긁으며 한참을 밀렸으나 날아가지는 않았다.

기회.

무혁은 검을 검집에 꽂고서 양손으로 꼬리를 쥐었다.

쫘드득.

손가락이 꼬리의 피부를 파고들었다.

"후아아아압!"

곧이어 기합이 터져 나왔다.

주변에서 구경을 하던 이들의 동공이 확대되었다.

"무, 무슨 미친 짓이야, 저게?"

"저게 되려나?"

"절대 안 되지."

"동감."

무혁의 기합이 다시 한번 터졌다.

"으아아아아압!"

삼두견의 크기는 일반적이지 않다. 무혁보다 수십, 아니, 수백 배가 넘어가는 크기였다. 그런데 지금 꼬리를 잡고서 몸을 비틀고 있었다. 누가 봐도 힘으로 삼두견을 날려 버릴 모습으로 보였다.

"왜 저러는……."

그 순간, 삼두견이 끌려왔다.

극, 그그극.

앞발, 그리고 뒷발을 지면 깊이 박은 채 끌려가지 않기 위해 버티는 모양새였다.

그런 놈을 무혁이 힘으로 잡아당기고 있는 것이다.

반 바퀴, 그리고 한 바퀴.

무혁이 제자리에서 돌기 시작했다.

두 바퀴, 세 바퀴. 조금씩 속도가 빨라지더니 삼두견이 아주 살짝, 허공으로 떠올랐다.

"저, 저게 되냐……?"

"되, 되네……."

계속되는 무혁의 회전.

후웅, 후우웅.

조금씩 더 높이 삼두견이 떠올랐고 무혁의 키보다 높아졌을 때 손을 활짝 펼쳤다.

크워어어어어!

엄청난 속도로 날아가는 삼두견.

윈드 스텝!

놈을 쫓아가며 화살을 연사했다.

메이지, 마법! 기마궁수, 파워샷!

쾅, 콰과과광!

날아든 공격들이 삼두견을 두드렸고 폭발의 여파로 인해 날아가는 속도가 더 빨라졌다.

풍폭, 파괴자의 돌진!

순식간에 접근해 지면을 차고 뛰어올라 놈의 몸에 올라탔다. 엄청난 속도감이 느껴졌지만 워낙 넓고 가죽이 껄끄러워 미끄러질 일은 없었다. 지면을 차고 뛰어가 놈의 왼쪽 얼굴 앞에서 멈췄다.

푸우욱.

목 부위에 검을 강하게 내리꽂았다.

[크리티컬이 터집니다.]

[크리티컬이 터집니다.]

[크리티컬이…….]

쉬지 않고 계속해서 내리찍었다.

키아아아아아악!

괴성을 지르며 나머지 머리 두 개가 무혁을 공격하려고 했지만 백호보법으로 피하며 같은 부위를 찍고, 또 찍었다.

무수히 떠오르는 크리티컬 메시지를 무시하고서.

"후읍!"

검을 뽑아 위로 뛰어올랐다.

날아간 삼두견이 거대한 바위에 부딪혔다.

콰드득!

삼두견의 크기에 비견되는 엄청난 크기의 바위가 조각이 나며 부서졌고, 그 깊은 곳에 삼두견이 박혀 버렸다.

풍폭, 파천궁술 제3초식 파천사.

날아간 화살이 왼쪽 목에 박혔다.

[보스 몬스터 '삼두견'의 첫 번째 머리가 회복 불능에 빠졌습니다.]

떠오른 메시지.

드디어……!

머리 하나를 처리했다. 하지만 메시지는 끝이 아니었다.

[보스 몬스터 '삼두견'이 광폭화 상태에 돌입합니다.]

뒤이어진 내용에 미간이 일그러졌다.

광폭화……!

몸을 일으킨 삼두견의 전신에서 보랏빛의 불꽃이 피어올랐다. 네 개의 눈알에서는 시뻘건 핏자국처럼 붉은 기운이 화산처럼 폭발했다.

스팟.

달려드는 놈의 신형이 환상처럼 느껴졌다.

빨라……!

황급히 검을 들어 올렸다. 날아드는 삼두견의 앞발. 거기서 튀어나온 날카로운 발톱을 검면으로 막았다.

카각, 카가가각!

압도적인 크기 차이에도 무혁은 결코 밀리지 않았다.

"후으으으읍!"

오히려 힘으로 받아낸 후 안으로 파고들어 가 아직 아물지 않은 녀석의 뒷발을 공격했다. 몸을 틀어 다시 한번 같은 부위에 상처를 입힌다.

풍폭, 풍폭……!

너덜거리는 상처 부위.

후웅.

검을 긋고 있는데 놈의 뒷발이 멀어졌다.

어……?

곧이어 매서운 바람과 함께 꼬리가 날아들었다.

콰드득.

날아간 무혁이 근처 바위를 뚫었다.

크읍!

황급히 몸을 뒤집어 착지했다. 날아드는 삼두견이 눈에 들어왔다. 광폭화에 접어든 탓일까. 속도가 예상보다 더 빨라서 조금 당황했다.

진정하자. 괜찮아, 이 정도면.

그러나 차분하게 대응하면서 그 속도를 눈에 익혀 나갔다. 충분히 적응되었을 무렵 놈에게 다시 접근해 뒷발의 상처를 헤집었다.

칵, 카가각.

몇 번이나 더 공격을 이어갔을까. 엄청난 굵기의 뼈가 드디어 우그러졌다.

그러나 놈은 쓰러지지 않았다.

두 개의 앞발. 그리고 하나의 뒷발로 균형을 잡은 채 매서운 기세로 무혁을 노려왔다.

"크윽!"

날아든 꼬리가 무혁의 가슴을 때렸다.

놈과 거리가 멀어지는 순간 검을 검집에 꽂고 인벤토리에서 활을 꺼내어 화살을 날렸다. 1분 1초가 아쉬운 상황이었기에 할 수 있는 모든 걸 다해야만 했다.

풍폭, 강력한 활쏘기. 풍폭, 유도샷. 풍폭, 멀티샷……!

날아가는 속도가 줄어들고서야 몸을 뒤집어 착지했다.

크워어어어!

하늘 높이 뛰어오른 삼두견이 보였다. 주변에 일렁거리는 보랏빛의 기운이 사방으로 퍼지더니 구의 모양을 이뤘다.

수백, 수천 개의 구가 허공에 떠오른 상태. 일렁거리던 그것들이 마법처럼, 그리고 화살처럼 무혁에게로 날아들었다.

쾅, 콰과과과과광!

그러나 걱정은 크게 없었다. 소환수 흡수가 유지되는 지금, 무혁의 방어력은 수천을 웃돈다.

충격 흡수율은 89퍼센트.

[1,016의 대미지를 입습니다.]
[1,016의 대미지를…….]

보통 유저였더라면 방패를 사용하고도 7~8천가량의 대미지를 입었겠지만 무혁은 방패를 쓰지 않고서도 겨우 1천의 대미지만을 입었다.

그래도 피할 건 피해야겠지.

백호보법으로 최대한 이리저리 움직였다.

빈틈을 알려주는 길. 그곳으로 몸을 비집어 넣으면서.

펑, 퍼버버버벙!

그럼에도 불구하고 꽤 많은 공격을 당했다.

흐음……!

시간이 지날수록 무혁의 표정이 굳어갔다.

언제 끝나는 거야?

벌써 HP가 5만이 넘게 줄었다.

6만, 7만……!

이대로 두면 HP의 손해가 막심해지리라.

그냥 뛰어들자.

백호보법을 유지한 채로 달려들었다. 더욱 거세어지는 보랏빛 구의 공격. HP가 15만이 넘게 줄었을 무렵, 놈의 지척에 도달할 수 있었다.

풍폭, 풍폭……!

이번에는 앞발을 노렸다. 왼쪽 뒷발이 잘린 지금, 왼쪽 앞발까지 자르면 결코 균형을 잡을 수 없을 테니까.

치열한 접전이 이어지는 가운데.

[소환수 흡수 남은 시간 : 5분 45초.]

마음은 갈수록 초조해졌다.

하늘 위의 하늘, 천외천. 지금 화면에 나타난 모습을 표현할 수 있는 하나의 단어였다.

-진짜…… 대단……!

-할 말이 없음 ㄷㄷ

-와, 보스 몬스터를 저렇게까지 사냥하는 게 가능해요? 진짜 잘하면

혼자서도 잡을 수 있을 것 같은데요?

　-제가 볼 땐 위험해요.

　-왜죠?

　-전쟁에서도 봤는데 순간적으로 엄청 세지더라고요. 근데 시간이
짧았어요.

　-아……

　-10분 정도.

　-음……. 지금 벌써 5~6분은 지난 거 같은데요.

　-그럼 얼마 안 남았네요…….

　-그 안에 못 끝내면……?

　-아마도 포기하거나 사냥이 목적인 유저가 올 때까지 근근이 버틸 듯.

　-워후, 그래도 이 정도면 뭐.

　-천외천이죠.

　-맞음, 리얼로 인정합니다!

대부분이 무혁의 패배를 예상했다. 물론, 전부는 아니었다.

-흠, 가능성이 없는 건 아닌데요?

일부는 승리를 점치기도 했다.

-네? 어떻게요.

　-설마 전쟁에서 사용한 그 이상한 기술 생각하는 건 아니죠? 그건 아

뮤르 공작이 사용했던 거라 불가능합니다.

-저도 알죠. 그거 말고도 있잖아요, 스킬.

-어떤……?

-잠력 격발요.

-아……!

-저, 그 스킬 알아요! 모든 능력치 증가 아닌가요?

-맞음.

-페널티가 상당하던데요.

-그 안에 잡으면 되죠.

-음……!

서로의 생각을 주고받는 상황에서 한 방청자가 즐거워했다.

-와, 예측 성공!

-오, 진짜네요.

-잠력 격발 썼네요.

-와, 어떻게 되려나…….

-감상하러 갑니다!

한층 더 강력해진 무혁의 모습이 시선을 앗아갔다.

이제 정말 막다른 곳.

[HP와 MP가 30퍼센트 회복됩니다.]
[5분간 모든 능력치가 15퍼센트 증가합니다.]

소환수 흡수의 남은 시간은 4분 55초, 잠력 격발의 남은 시간은 5분. 그 안에 놈을 처리하지 않으면 소환수 흡수도 끝나고 잠력 격발로 인한 페널티를 받게 된다. 전력이 바닥으로 추락하다 못해 지하를 뚫고 내려가는 것이다.

뒤는 절벽. 그러니 앞으로 나아갈 수밖에 없었다.

보이는 시야가 다시 한번 달라졌다. 삼두견조차 조금 느려 보일 정도. 놈의 공격을 피하며 앞발의 상처를 끊임없이 그었다. 그러다 녀석의 견제로 거리가 멀어지면 기마궁수의 뼈 화살이 날아들었다.

콰아아앙!

메이지의 마법 역시도 다시 삼두견에게 접근하여 검을 긋는다.

풍폭, 백호검법……!

듣기 싫은 소리가 연이어 울렸다.

푹, 서걱. 쫘드득.

놈의 앞발을 드디어 잘라내었다.

키아아아아악!

고통에 절규하는 삼두견 놈이 균형을 잃고 쓰러졌다.

연속 찌르기! 연속 찌르기!

접근한 데스 스켈레톤의 무차별적인 공격.

그러나 삼두견의 꼬리에 휘말렸다.

결과는 당연히 자폭.

삼두견은 또 한 번 괴성을 내질렀다.

크, 크륵, 크르르……!

어떻게든 몸을 일으키려고 하지만 쉬운 일이 아니었다. 왼쪽 앞발과 뒷발이 모두 잘린 상태였으니까. 잠깐 일어서더라도 얼마 가지 못해서 쓰러졌다. 일반 몬스터라면 이미 죽었겠지만 보스 몬스터였기에 저런 처참한 모습을 하고도 살아남은 것이었다.

방심은 금물 아직 끝난 건 아니었으니까.

지금도 시간은 흘러갔다. 게다가 상황이 어떻게 변할지는 아무도 알지 못했다.

안전하게 처리하자.

놈에게 접근해 남은 앞발을 노렸다.

키아아아악!

순간 보랏빛 구가 생성되어 사방으로 퍼져 나갔다.

역시…….

이 상황에서도 결코 쉬운 놈이 아니었다. 이리저리 피하거나, 맞아줄 것은 맞으면서 놈의 앞발을 마저 잘라냈다.

앞발도 끝. 대미지를 꾸준히 입힌 탓에 녀석의 불꽃이 한결 더 짙어졌다. 눈동자의 붉은 기운 역시.

그러나 삼두견은 움직일 수 없는 상황이었다.

압도적으로 유리한 상태. 남은 시간은 1분 30초였다.

파바밧.

급히 놈의 몸을 타고 올라가 목을 집중적으로 공격했다.

잠깐, 이러다가…… 순간 목은 아니라는 기분이 들었다.

본능이랄까, 추측이랄까.

목이 하나 잘렸을 때 놈은 강해졌다.

하나가 더 잘린다면?

최악의 경우, 보다 더 강력해지면서 상처가 나을 수도 있는 일이었다. 목은 패스하고 그냥 대미지를 입혀서 죽여야 할 것 같았다.

그렇다면……!

가장 약점이라 여겨지는 부위로 향했다.

바로 눈!

거대한 눈동자에 검을 내리꽂았다.

[크리티컬…….]

연이어 터지는 크리티컬 메시지. 제대로 길을 잡은 것 같았다. 무차별적인 검격이 계속해서 이어졌다.

[소환수 흡수 남은 시간 : 25초.]
[잠력 격발 남은 시간 : 30초.]

무혁의 눈동자에 서리는 다급함.

풍폭, 풍폭……!

더 이상 MP를 관리할 이유도 없었기에 쿨타임이 돌아온 스킬을 모두 사용했다.

크, 크르…….

그럼에도 놈은 죽지 않았다. 곧 죽을 것처럼 굴면서도 여전히 꼬리를 휘두르며 보랏빛 기운을 날려댔다.

"죽어라, 좀!"

마나 드레인을 사용하고 차오른 MP를 확인.

곧바로 백호검법 1, 2, 3초식을 사용했다.

한 번 더!

MP 페널티를 감수하고서 다시.

[소환수 흡수 시간이 종료됩니다.]

순간 탈력감이 올라왔다. 그러나 공격을 멈추지는 않았다.

푹, 푸욱.

곧이어 잠력 격발까지 종료되었다.

[30분간 모든 능력치가 20퍼센트 하락합니다.]

실패했다는 생각이 피어올랐다.

젠장……!

무의식적으로 내리꽂은 마지막 검격.

[크리티컬이 터집니다.]
[경험치를 획득합니다.]

얼마 되지 않는 낮은 대미지에 놈이 죽었다.

"아……!"

뒤이어 떠오르는 홀로그램들.

[보스 몬스터 '삼두견'에 대한 기여도를 체크합니다.]
[기여도 1위 : 무혁(99.9%)]
[기여도가 90퍼센트를 넘어섰습니다.]
[칭호 '혼자서도 잘해요'를 획득합니다.]
[업적 포인트(3,000)를 획득합니다.]
[기여도 보상(3개)을 선택해 주십시오.]

누구의 도움도 받지 않고서 보스 몬스터 사냥에 성공하는 순간이었다.

주변 유저들이 슬슬 다가왔다.

"무혁 님, 대박 축하드려요."

"와, 솔로 레이드라니……!"

"저 영상 찍었는데 올려도 될까요?"

무혁은 쏟아지는 질문에 대충 고개를 끄덕여 줬다.

"아, 네. 마음대로 하세요."

한참을 떠들던 그들이 떠나고 홀로 남은 무혁이 웃었다.

잡긴 잡았구나.

설마 정말 이게 가능할 줄은 몰랐다.

칭호에 업적까지. 얻은 보상도 썩 만족스러웠다.

[혼자서도 잘해요]

몬스터에 대한 기여도가 50퍼센트 이상일 경우 모든 능력치 1퍼센트 증가. 이후 10퍼센트씩 기여도가 높아질 때마다 추가로 모든 능력치가 1퍼센트씩 증가한다.

놀라운 칭호였다.

"크으……!"

절로 감탄이 나올 정도였다.

아, 보상도 받아야지.

기여도 1위를 하면서 얻은 보상 목록을 체크했다.

[기여도 1위 보상 목록]

1. 무구

2. 재료

3. 업적 포인트

4. 골드

5. 대량의 경험치

[솔로 레이드 특별 보상]

1. 스킬

⋯⋯.

고민할 것도 없이 스킬을 택했다.

첫 번째 스킬은 획득한 창을 사용할 경우에만 쓸 수 있는 공격 스킬이었다.

나중에 합성하지, 뭐.

두 번째 스킬도 쓸모없는 스킬이었다.

이것도 뭐⋯⋯.

미간을 살짝 찌푸리며 세 번째 상자를 개봉했다.

[스킬 '소드 스턴'을 습득합니다.]

1.5초간 스턴을 거는 검 계열의 스킬이었다. 이번 스킬은 꽤 마음에 들었다.

보상 확인을 끝내고 소환 계열 스킬을 확인했다. 아직 쿨타임이 돌아오진 않았지만 지금부터 움직일 필요가 있었다. 준비할 것도 몇 개 있고.

아주 중요한 일을 시작할 차례였다. 일단은 적당한 몬스터부터 구할 필요가 있었다.

군마를 타고 이동해 200레벨 정도 되는 몬스터를 사냥했다. 그리고 한정 부활로 주변을 떠도는 526여 마리의 영혼 전부를 되살렸다.

[MP(52,600)가 소모됩니다.]

느긋하게 MP를 회복한 후 데스 스켈레톤을 불렀다.
제물은 살아난 몬스터 300마리. 불러낼 데스 스켈레톤은 1,000마리였다.

[데스 스켈레톤이 소환됩니다.]

이어 데스 스켈레톤 강화를 사용했다.
제물은 남은 몬스터 266마리.

[데스 스켈레톤의 모든 능력치가 소폭 상승합니다.]

강해진 녀석들에게 리젠되는 몬스터 사냥을 지시한 후 무혁은 사리에 앉았다.
꽤 걸리겠네.
이참에 무릎 보호대를 강화하기로 했다.
빠른 속도로 강화도가 상승한다.
3강, 4강. 그렇게 정신없이 시간이 흘러갔다.

[강화도가 상승합니다.]

[강화도 : 100%]

[칭호의 효과로 강화 성공 확률이 상승합니다.]

[강화에 성공하였습니다.]

8강에 올랐을 즈음.

음……!

집중이 깨지면서 주변으로 시야가 확대되었다.

[주변을 떠도는 몬스터의 영혼(542마리)을 발견했습니다.]

벌써 이렇게 모였네. MP는 당연히 모두 채워진 상태였다.

나이트, 기마병, 메이지, 궁수.

빅 스켈레톤을 비롯한 일부 특별한 녀석들까지. 주요 전력

이라고 할 수 있는 소환수를 바라보며 흐뭇하게 웃었다.

한정 부활, 선택 2번. 몬스터의 영혼을 소환물에 주입할 수

있는 2번 스킬을 사용했다.

[영혼의 숫자와 소환수 개체의 숫자가 맞지 않습니다.]

무혁은 미간을 찌푸리며 숫자를 다시 정했다.

286마리. 그제야 제대로 진행이 되었다.

[전이를 받은 소환물의 능력치가 크게 증가합니다.]

남은 몬스터의 영혼이 꽤 되었다.

이것도 살리지, 뭐.

200마리가 넘어가는 몬스터. 강화된 1,000마리의 데스 스켈레톤. 그리고, 286마리의 주요 전력까지. 대군을 이끌고서 보스 몬스터를 사냥했던 자리로 돌아갔다.

한정 부활, 선택 1번.

떠도는 영혼은 단 하나였다. 보스 몬스터, 삼두견.

크르르……!

놈이 지금 무혁의 소환수가 되어 눈앞에 나타났다.

다 된 건가.

가끔씩 생각해 왔던 극강의 전력이 지금, 꾸려졌다.

그리고…….

마계 소환!

제3장
내곽 1구역

외곽 구역을 점령한 후 꽤 시간이 흘렀다.

"아, 좋다."

오늘도 코르크는 평소와 다르지 않게 여유를 즐겼다. 보쿠마는 벽에 기대어 앉은 채 명상을 이어갔고.

"룰루, 룰루랄라."

휘파람 소리에 보쿠마의 미간이 구겨졌다.

"어이, 코르크."

"아아, 미안, 미안. 좀 시끄러웠냐?"

"많이."

"그 정돈 아닌데."

"제발 명상 좀 하자."

"쩝, 하여간 열심이라니까."

코르크가 몸을 일으켰다.

"나도 명상이나 하련다."

"겨우 조용해지겠군."

그렇게 둘은 오랜만에 고요히 심상 수련에 취했다. 아니, 정확하게 말하자면 보쿠마는 제대로 된 수련을, 코르크는 잡념을 이어가는 중이었다.

흐음, 대단하단 말이야.

아무리 생각해도 스켈레톤은 놀라웠다.

불사의 존재, 죽어도 죽지 않는 자들. 성장 속도까지.

마족보다 더 빨리 강해지는 느낌이 들 정도였다.

괴물이야, 괴물.

그들과 동료가 되었다는 사실에 안도했다.

절대 배신할 생각도 없었고.

다만, 문제는 하나. 스켈레톤의 속내라고 할 수 있으리라.

설마 배신당하진 않겠지? 이상하게 믿음이 가지만 말이야.

이내 고개를 저으며 앞으로의 계획을 떠올렸다.

내곽으로 가야 하는데……. 문제는 내곽의 경우 외곽과는 수준부터가 확연하게 다르다는 점이었다. 내곽 1구역에 어설프게 덤볐다가는 그 자리에서 도망치지도 못하고 죽을 수도 있으니까.

상급에 올라야 돼. 그러기 위해서라도 계속 마족을 상대해야 한다.

물론 자리를 비우는 게 쉬운 일은 아니었다. 언제 어중이떠중이가 외곽을 침입할지 모를 일이었기에.

쩝, 어렵구만, 어려워.

그 순간 옆에 있던 보쿠마가 눈을 번쩍하고 떴다.

"어이, 코르……."

"알아."

코르크는 이미 몸을 일으키는 중이었다.

"나가보자고."

"그래."

둘은 아지트에서 나와 부하라고 할 수 있는 중, 하급 마족을 모았다.

"다들 전투 준비하고."

"예!"

한 명의 중급 마족, 그리고 아홉 명의 하급 마족을 이끌고서 외곽의 입구로 향했다. 어중이떠중이로 보이는 하급 마족 몇 놈이 영역을 침범한 상태였다. 그들은 마치 이곳을 점령이라도 한 것처럼 웃으며 떠들고 있었다.

"하, 뭐 같지도 않은 것들이."

"침착해."

"안다고, 알아."

저런 녀석들이라도 부하로 받아들여야 이곳에서 살아갈 수 있었다.

"어이."

코르크가 다가가자 기척을 느낀 하급 마족 다섯이 경계했다.

"뭐야, 넌?"

"하아, 됐고, 일단 맞자."

"무슨 헛소리를……!"

어느새 접근한 코르크.

"헛!"

너무 빨라 제대로 반응조차 못 하는 하급 마족의 모습에 혀를 찼다. 이어 가볍게 주먹을 휘둘러 상대방의 복부를 가격했다.

"커, 커허억……."

속에 있는 것을 게워내기 시작하는 그.

"아, 진짜 더럽네."

발길질로 놈을 뒤로 날려 버렸다.

비산하는 이물질.

"으엑."

코르크는 빠르게 물러선 후, 이물질이 바닥에 떨어지고서야 남은 하급 마족에게 다가갔다.

"너도 맞자."

"저, 저기, 잠깐……!"

얘기를 들어주는 것도 귀찮았다.

"일단 맞아."

때려놓고 이야기를 해야 과정이 순조로운 법.

퍽, 퍼버버벅.

당황하는 하급 마족을 모두 바닥에 때려눕혔다.

"한 놈만 쉽게 해준다. 내 앞에 와서 꿇어."

그에 쓰러져 있던 다섯이 벌떡 일어나 달리기 시작했다. 가장 먼저 도착한 녀석은 처음 구토를 하고 날아가 버린 녀석이었다.

"좋아, 이름."

"하, 하베라입니다."

"하베라, 여기서 죽을래, 아니면 내 부하가 될래?"

"부, 부하가 되겠습니다!"

"마기에 걸고 맹세해라."

"예……?"

"싫어? 죽고 싶냐?"

"아, 아닙니다!"

"200년, 그 정도면 되겠지?"

"가, 감사합니다!"

하베라가 바로 맹세를 했다.

"하급 마족, 하베라. 저의 모든 마기를 걸고 200년간 중급 마족, 코르크의 종이 될 것을 맹세합니다."

"좋아, 잘했어. 나머지 네 명."

"예, 예!"

"예……!"

"너희들은 저기까지 뛰어갔다 와라. 도망치면 바로 죽는다."

네 명의 마족이 지면을 찼다. 바닥이 움푹 파이고 주변으로 강력한 기파가 뿌려진다.

콰아앙!

휘몰아치는 폭풍.

하급 마족 넷이서 만들어내는 여파는 생각보다 거대했다.

"아, 더럽게 먼지 날리네."

코르크가 손을 휘젓자 거짓말처럼 폭풍이 사라졌다. 그사이, 달려 나간 마족이 돌아왔고 먼저 도착한 한 명이 무릎을 꿇었다.

"시작."

"하급 마족! 바바! 저의 모든 마기를 걸고 200년간 중급 마족, 코르크……."

"잠깐."

보쿠마가 끼어들었다.

"나한테 해라."

"예……?"

코르크가 고개를 끄덕였고, 바바가 맹세의 주인을 바꿨다.

"……보쿠마의 종이 될 것을 맹세합니다!"

이후 나머지 두 명의 맹세까지 받았다.

"전력이 꽤 늘었네."

"나쁘지 않군."

중급 한 명과 하급 열넷. 코르크와 보쿠마까지.

"그래도 아직 내곽 1구역은 무리겠지?"

"당연하지."

"하, 그 새끼, 곧 올 텐데……."

그 순간 강한 기운이 느껴졌다.

"나 참, 말하자마자 왔네."

"가보자고."

기운이 느껴지는 곳에 도착한 둘은 한 명의 상대를 바라보며 미간을 찌푸리기만 할 뿐, 함부로 나서지 않았다.

"왔나?"

상대는 내곽 1구역을 맡고 있는 상급 마족이었으니까.

"또 무슨 일인데!"

"죽고 싶나?"

"아니, 그러니까 무슨 일이냐고…… 요!"

"아직 답을 주지 않았으니까. 계속 시간을 끌면 나도 그냥 있을 순 없지."

"하……."

상급 마족, 오발루트가 기세를 올렸다.

"내곽 1구역까지 도전할 생각인가, 아니면 외곽에서 만족할 것인가?"

"그걸 왜 지금 정해야 하는데…… 요?"

"그래야 내가 신경을 끊을 테니까."

"그러니까 내가 왜……!"

"마지막으로 묻지. 대답을 하지 않거나, 회피하면 도전하는 것으로 알겠다."

"이익……!"

"아, 거짓말도 하지 않는 게 좋을 거라 말해두지. 여기서 결정되는 사안은 중심 지역까지 전해질 테니까."

당장의 위기를 모면하고자 거짓말로 둘러댈 경우, 내곽 1구역을 점령한 후에 문제가 생길 게 분명했다. 내곽 2구역, 보다 더 깊은 곳을 지키고 있는 마족들이 코르크와 보쿠마의 말을 더 이상 믿어주지 않을 테니까.

어쩌지, 돌겠네.

슬쩍 보쿠마를 쳐다봤다. 그도 고민스러운 표정이었다.

아니, 잠깐.

지금의 전력은 확실히 아군이 우위였다. 저놈 혼자라면 말이지.

순간 여기서 오발루트를 죽여 버릴까 싶은 생각이 일었다.

"워워."

살기를 느꼈음인가. 오발루트가 웃으며 손을 젓는다.

"나 혼자 왔다고 생각하는 건 아니겠지?"

"뭐⋯⋯?"

주변에 느껴지는 기척은 없었다.

"안 믿기나?"

"⋯⋯."

그에 오발루트가 손가락을 하나 펼쳤다.

파앙!

화살 한 대가 코르크의 볼을 스치며 지나갔다.

"자, 확인했겠지? 결정해. 죽고 싶지 않으면."

"⋯⋯."

이러면 싸워봐야 죽음뿐이다.

젠장, 하필 지금⋯⋯!

스켈레톤이라도 있었다면 싸워볼 수라도 있었을 텐데. 아무것도 못 하고 패배를 인정하자니 자존심이 상해 입이 떨어지지 않았다.

그 순간이었다.

후우웅.

바람과 함께 녀석들이 등장했다.

"어, 어어……!"

평소보다 더 화려했으며 비교할 수 없을 정도로 숫자가 많았다. 거기엔 상급 마족에 조금도 밀리지 않는 기운을 뿜어내는 거대한 괴수 한 마리까지 포함되어 있었다.

"문을 지키는 개군."

문을 지키는 개. 켈베로스, 그러니까 삼두견을 일컫는 말이었다.

"그런데, 여기는 왜……?"

상급 마족인 오발루트도 갑자기 등장한 삼두견으로 인해 꽤나 긴장한 모양이었다. 그사이에 코르크가 아머나이트에게 다가갔다.

"저건 뭐야……?"

아머나이트가 검을 긋는다.

삼, 깐, 의, 동, 료.

그에 코르크가 크큭- 웃었다.

"아아, 그거구만. 금방 사라지는 이상한 놈들?"

그, 렇, 다.

결코 길다곤 할 수 없는 시간 하지만 그거면 충분했다.

이곳에 모인 적대 마족을 모두 제압하기에는 말이다.

씨익.

코르크의 입꼬리 한쪽이 높게 솟구쳤다. 그리고 꿈틀거린다.

"크, 크큭."

미소를 보이는 것만으로는 부족한지 소리까지 내었다.

"크하하하하!"

도저히 멈출 수 없었다.

지금 이 전력을 보라. 가히 압도적이라는 말이 어울렸다.

"어이, 오발루트."

"뭐? 오발루트……?"

상급 마족 오발루트가 어이없는 듯 미간을 좁혔다.

"그래, 오발루트. 너 이 자식아!"

"이 새끼가?"

"이 새끼? 이게 아직 정신을 못 차렸네. 지금 상황 파악이 안 되지?"

코르크가 앞으로 나서면서 아머나이트에게만 들리도록 낮게 중얼거렸다.

"알지? 같이 싸우는 거."

알, 겠, 다.

답을 들은 후 한층 더 당당히 가슴을 내밀며 걸음을 내디뎠다.

"상황 파악 안 되냐고, 오발루트!"

"……."

사실 웬만한 수준이었다면 오발루트가 이렇게 가만히 있을 리가 없었다. 나대고 있는 코르크에게 달려들어 목을 움켜쥐었어야 정상이었다.

하지만 지금은 그러지 못하고 있었다. 고민하고 있다는 것만으로도 코르크는 이미 녀석을 손바닥 위에 올려둔 것과 다름이 없었다.

"어이, 오발루트."

눈앞에 나타난 녀석들은 그 숫자만 해도 천 마리가 훌쩍 넘어갔다.

게다가 삼두견. 놈은 오발루트도 긴장할 정도의 기운을 뿜어내고 있었다. 무시할 수 없는 수준인 것이다.

"데려온 녀석들, 다 불러봐."

"뭐라고……?"

"두 번 말하게 할래? 데리고 온 녀석들 전부 부르라고. 아니면 너 혼자 여기서 뒤지든가. 어때? 내 손가락 다섯 개가 전부 접히는 순간 넌 죽는다. 그전에 답을 해주길 바랄게."

코르크의 손가락 하나가 접힌다.

이윽고 두 개, 세 개. 네 개가 접혔을 때, 오발루트가 눈을 질끈 감았다.

"전부 나와라."

기척이 사방에서 느껴졌다.

슥, 스슥.

코르크의 눈이 빛났다.

생각보다 많은데?

나타난 마족들의 숫자는 총 열하나. 한 녀석은 상급 나머지 열은 중급이었다.

미친 전력이네, 진짜.

스켈레톤이 나타나기 전에 뻗대었다면 도망도 못 쳤을 게 분명했다.

즉사였겠지.

코르크는 순간 돋아난 오싹함을 애써 무시하며 보쿠마에게 다가갔다. 태연함을 가장한 채로.

"어때 보이냐."

"흐음."

고민하던 보쿠마가 고개를 끄덕였다.

"승산은 있다."

조금 줄어들었던 자신감을 끌어올리며 고개를 당당하게 치켜들었다.

"다 나온 거냐?"

"그래."

"뭐, 확실히 대단하긴 하네."

"당연한 소리를."

"아무튼, 두 번째 선택 기회다."

"두 번째?"

"그래, 여기서 싸우다 죽을래? 아니면 복종할래?"

순간 오발루트에게서 살기가 쏟아졌다.

"감히……!"

무려 상급 마족이 중급에게 농락을 당한 것이다.

결코 넘어갈 수 없는 상황.

코르크를 죽이려는데 거대한 진동이 울린다.

쿠웅.

살기에 반응한 삼두견이 앞으로 나선 것이다.

가볍게 움직였을 뿐이었건만 그를 정면에서 바라보던 오발루트와 그의 부하 모두가 순간적으로 움찔거렸다.

"크크큭, 여기서 싸우다 죽기로 결정한 거지?"

코르크의 비웃음. 오발루트가 마음을 다잡는다.

이길 수 있다. 가장 까다로운 건 삼두견 한 마리. 나머지는 그리 대단하지 않았다.

삼두견과는 부딪히지 않으면서 나머지 녀석들을 한 마리씩 부서뜨린다면 시간은 오래 걸리겠지만 결국 승리는 오발루트, 본인의 것이 되리라 생각했다.

스윽.

손을 들어 중지를 펼쳤다가 빠르게 접고서 손가락을 전부 펼쳤다. 이윽고 가볍게 흔들었다.

스팟.

그러자 대기하고 있던 오발루트의 휘하 마족 전원이 앞으로 달려들었다. 지시 사항은 간단했다.

중지는 가장 거대한 놈. 접는 행위는 피하라는 것. 손가락 다섯 개는 전부. 마지막으로 흔드는 행위는 처리하라는 뜻이었다. 즉, 가장 거대한 놈인 삼두견을 피하고서 나머지 전부를 몰살시키라는 의미인 것이다.

"그래……."

코르크가 미간을 찌푸렸다.

"죽음을 선택하겠다는 거구만. 가자고, 보쿠마."

"알았다."

"그리고, 형제들!"

아머나이트 1이 코르크를 쳐다본다.

"오늘도 잘 부탁한다고. 오랜만에 왔잖아, 제대로 놀아봐야지."

고개를 끄덕이는 아머나이트 1.

"좋았어!"

곧바로 뒤에서 대기 중인 하급 마족들에게 명령을 내렸다.

"너희들도 움직여. 죽지 않을 수준으로, 알지? 적당히 견제만 하라고."

"예!"

"알겠습니다!"

곧이어 달려든 오발루트의 휘하 마족과 스켈레톤이 부딪혔

다. 아머나이트가 방패로 놈들의 공격을 막아내는 동안 기마
궁수는 사방을 뛰어다니며 뼈 화살을 날렸다.

팡, 파앙!

큰 힘이 실리지 않은 화살.

"별거 없군."

방심하는 순간 쏟아지는 강력한 일격.

-파워샷.

그에 오발루트 휘하 마족들이 당황했다.

"크윽……!"

"생각보다 강합니다."

열 명의 중급 마족을 지휘하던 상급 마족, 켄이 외쳤다.

"정신 차려!"

"예……!"

고개를 슬쩍 돌리는 켄.

오발루트는 아직 나서지 않고 있는 상황이었다.

삼두견을 상대하려는 건가.

오발루트가 질 거라는 생각은 들지 않았다.

대단하긴 하지만 말이야.

무엇보다도 뼈다귀 정도는 빠르게 처리할 자신이 있었다.
상급 마족의 기준에서 보자면 스켈레톤의 수준은 확실히 미
달이었으니까. 다만 숫자가 너무 많다는 점과 움직임에 질서
가 잡혀 있다는 부분이 조금, 아주 조금 거슬리기는 했다.

나머지는 눈에 차지 않을 수준.

신경을 꺼도 되겠지.

그렇게 결론을 내린 순간, 각양각색의 기운이 하늘을 빼곡하게 채웠다. 한두 개가 아니었다. 그것들이 아래로 떨어지고 있었다.

이 정도야, 뭐.

가볍게 피하면 된다고 여겼다.

그 생각을 지워 버리는 한 줄기 기파가 공간을 삼켰다.

몸이 움직이지를 않아……?

급히 기운을 끌어올렸지만 늦었다.

-아이스 홀드.

전신이 얼어버렸고, 그에 맞춰 마법들이 꽂혔으니까.

쾅, 콰과과과과광!

무수한 마법에 피부가 녹아버렸다.

"크, 크으……!"

중상이라고 할 정도는 아니었다. 조금 심각한 경상 수준. 하지만 이제 막 전투가 벌어진 시점에서 입은 상처였기에 타격이 컸다.

빌어먹을.

방심이 화를 불러온 것일까.

그래, 경솔했……!

생각을 정리하기도 전에 사방에서 압박이 느껴졌다. 어느새 접근한 좀비 스켈레톤이 지척에 붙어버린 것이다.

"꺼져!"

팔을 휘둘러 날려 보내려 했으나.

콰아아앙!

예상과는 달리 그 자리에서 바로 폭발해 버렸다.

"윽!"

그 탓에 또다시 피해를 입었다.

-돌진!

움찔하는 사이 아머나이트가 포위망을 형성했다. 켄은 급히 주변을 훑었다. 어느새 하급 마족 전부가 찢어져 버린 상태였다. 그들 역시 켄처럼 포위망에 갇혀 버린 것이다.

미치겠군.

이어지는 뼈다귀들의 공격.

-강한 일격! 가속 찌르기!

크게 문제가 될 수준은 아니었다.

예상대로야.

켄은 기합을 터뜨리며 기운을 폭발시켰다.

"크아아아악!"

뒤로 밀려나는 뼈다귀들.

한 마리에게 접근해 붉게 물든 주먹을 내뻗었다.

콰아아아앙!

부서진 채 날아가는 뼈다귀에게서 시선을 뗐다.

"제대로 놀아주마!"

주변에 위치한 녀석들을 일방적으로 몰아붙이기 시작했다. 날아드는 뼈 화살이 거슬렸지만 지금은 포위망을 확실하게 뚫는 게 우선이었다.

그러나 가만히 지켜만 보고 있을 코르크가 아니었다.

"보쿠마, 저기만 좀 막아줘."

"알았다."

보쿠마가 상급 마족, 켄이 위치한 곳으로 달려갔다. 흔들리던 포위망이 보쿠마가 더해지면서 뚫지 못할 수준으로 견고해졌다.

"중급 주제에⋯⋯!"

"말로만 하지 말고 뚫어보지 그래."

"이 새끼가아아아!"

보쿠마가 스켈레톤의 도움을 받아 켄을 완벽하게 틀어막았다.

더 강해졌군.

덕분에 켄을 막아내는 게 생각보다 어렵지 않았다.

한편 상황을 지켜보던 오발루트가 혀를 찼다.

"쯧."

마침 자리를 지키던 삼두견도 어슬렁거리며 움직이기 시작했다. 녀석이 전장을 휘저어 버리면 휘하 마족들이 전부 위험해질 것이 분명했다.

내가 맡는다.

오발루트가 삼두견에게 기운을 집중시켰다.

크르르?

그에 삼두견의 시선이 다시 오발루트에게 집중되었다. 폭사되는 기운에 자극을 받은 삼두견이 지면을 강하게 밀어내며 하늘로 숫구쳤다가 그대로 오발루트에게로 떨어졌다. 워낙 거대했던 터라, 하늘 전부가 가려진 기분이었다.

"후읍……!"

오발루트는 자세를 잡고서 전력을 끌어올렸다.

순간 몸이 빛처럼 쏘아졌다. 내리꽂히는 삼두견을 향해 부딪혀 갔다.

퍽, 퍼버버벅!

상급 마족들 중에서도 중간 이상은 가는 오발루트.

그가 홀로 삼두견을 몰아붙였다.

생각보다…… 움직임이 그리 정교하지 않았다. 파괴력도 약했고. 되살아난 탓에 능력치 20퍼센트가 날아갔으니 어쩔 수 없는 일이었다.

막을 수 있겠어.

진다는 생각은 들지 않았다. 기세에 비해 둔했으니까.

하지만 빠른 시간 안에 처리할 수 있을 것 같지도 않았다.

꽤 걸리겠군.

오발루트는 결코 서두르지 않았다. 그럴 이유도 없었고.

아직 비장의 수가 남아 있었으니까.

코르크가 고개를 끄덕였다.

"이야, 대단한데?"

저 말도 안 되는 괴물, 삼두견에게 오발루트를 일임해도 될 것 같았다.

나머지부터 정리를 하자고.

곧바로 실력이 가장 떨어지는 것 같은 중급 마족에게 다가 갔다. 포위망에 갇혀 발악하고는 있었지만 성과는 없었다. 죽이고 죽여도 그 자리를 채워 나가는 스켈레톤이 있었으니까. 거기에 코르크의 부하인 하급 마족 한 마리도 틈틈이 견제를 하고 있었고.

물론 가장 큰 활약을 보이는 건 좀비 스켈레톤이었다.

"크아아아아악!"

죽어버린 기운으로 디버프를 걸어버리고.

-연속 찌르기!

생각보다 강한 일격을 먹였으며.

콰아아아앙!

공격을 당하면 자폭으로 피해를 입혔다. 숫자가 많았으니 몸을 사릴 것도 없었다.

아군의 피해? 다행히 크지 않았다.

-좀비, 앞으로 가라.

-알겠다.

-공격 후 자폭하라.

이 모든 것이 소통 후에 발생하는 것들이었으니까.

"제에에엔장!"

그 틈으로 코르크가 들어섰다.

"같이 처리하자고."

그에 스켈레톤들이 턱을 부딪친다.

탁, 타닥.

꽤 오랜 시간을 함께했기에 금세 의미를 파악했다.

"그래, 그래. 나도 너희가 좋다 이거야!"

함께 중급 마족을 압박했다.

"자, 잠깐……!"

"잠깐 같은 소리 하고 있네!"

코르크가 부하를 쳐다봤다.

"동시에 쳐!"

"예!"

스켈레톤에 하급 마족 한 마리. 거기에 상급에 다다른 중급 마족 코르크까지.

혼자선 버티기엔 너무나 버거웠다.

"정리 끝!"

빠르게 죽인 후 다른 포위망으로 다가갔다.

스켈레톤도 마찬가지. 보다 더 쉽게 한 놈의 마족을 처리할 수 있었다.

"다음!"

중급 한 녀석, 또 한 녀석. 어느새 오발루트의 부하 다섯을 죽였다.

슬쩍 고개를 돌렸다. 삼두견을 상대하느라 정신이 없는 오발루트를 보면서 생각했다.

크크, 완벽하게 이기겠는걸.

고개를 돌려 다시 전투에 집중하는 순간, 오발루트가 코르크를 슬쩍 쳐다보더니 이내 의미를 알 수 없는 미소를 지었다.

상급 마족 켄을 제외한 나머지 전부를 처리했다.

"후, 깔끔하구만."

코르크는 휘하 마족 전원을 끌고서 켄에게 다가갔다. 그를 상대하고 있던 보쿠마는 상당히 지쳤는지 거친 호흡을 내뱉고 있었다.

"후웁, 후우……."

"수고했어."

"빨리 처리해, 힘드니까."

"알았다고."

코르크가 손짓을 했다.

휘하 하급 마족이 스켈레톤 사이로 스며들었다.

"거기, 상급 마족."

"크윽……!"

상처 입은 켄이 표정을 구겼다.

"뭐, 툭 하고 치면 끝나겠네."

그 말에 하급 마족이 거의 동시에 달려들었다.

쾅, 콰과과과광!

상당한 충격을 입히긴 했지만 이빨이 빠져도 호랑이는 호랑이였다. 달려들었던 하급 마족 전부가 뒤로 튕겨 나갔으니까. 그러나 강한 힘을 분출한 탓에 켄은 더 지쳐 버렸다.

코르크는 함부로 나서지 않고 상황을 지켜봤다.

팡, 파바방!

날아드는 뼈 화살과 마법. 아머나이트의 검격. 아머기마병의 창날. 그리고 데스 스켈레톤의 자폭까지.

조금씩, 또 조금씩. 켄의 움직임은 느려졌고.

"쿨럭."

드디어 피를 토하며 비틀거렸다.

지금!

코르크가 나서 켄을 몰아붙였다.

"이 빌어먹을 새끼……!"

켄이 힘겹게 팔을 휘둘러 왔다.

콰아아앙!

폭발이 일어나면서 둘 모두 뒤로 밀려났다.

켄은 세 걸음. 코르크는 한 걸음을.

"후, 그래도 상급이라고 엄청 잘 버티네."

"넌 반드시 죽인다……!"

"그러든가."

이미 코르크는 본인의 우위를 확신했다.

쓰러지기 직전이구만.

강한 힘으로 놈에게 부딪혀 갔다.

파바밧.

기운을 실은 주먹을 다섯 번 빠르게 내질렀다. 네 번까지는 어떻게 막아내던 켄이 마지막 한 방에 반응하지 못했다.

퍼억!

힘없이 뒤로 밀려나는 켄.

"쩝, 조금 미안하네."

"이 빌어먹을……!"

"이거 꼭 내가 나쁜 놈 같잖아."

코르크는 고개를 저으며 켄에게 다가갔다. 그 옆에 따라붙은 보쿠마.

"끝내자고."

"그래야지, 쩝."

길게 끌어봐야 좋을 게 없었다.

"잘 가라."

힘겹게 몸을 일으키는 켄에게 다가갔다. 코르크와 보쿠마가 함께 협공으로 마무리를 지었다.

"후으읍……"

강력한 마기를 온몸으로 흡수했다.

눈을 뜬 순간 둘은 흥분과 아쉬움이 뒤섞인 표정으로 서로를 쳐다봤다.

"어때?"

"부족해."

"역시……"

아주 조금이 부족해서 상급에 오르지 못했다. 그러나 아쉬웠던 표정은 순식간에 사라지고 이내 먹이를 노리는 맹수의 눈빛으로 오발루트를 쳐다봤다.

"저 녀석만 처리하면……"

상급에 오르는 것은 확정적이었다.

"가자고."

"좋지!"

보쿠마와 코르크, 둘이 놈에게 다가가는 순간.

크르르……!

오발루트를 상대하던 삼두견이 갑자기 희미해지면서 사라졌다.

"아……!"

아무래도 시간이 지난 모양이었다.

쳇, 아쉬운데.

하지만 아직 스켈레톤은 많이 살아남았고 휘하 하급 마족도 전부 무사한 상태였다.

이건 질 수가 없어.

거친 호흡을 뿌리는 오발루트.

"여, 힘들어 보이는데?"

"후읍, 후우……."

오발루트가 코르크를 쳐다봤다.

씨익.

그의 입꼬리가 올라간다.

"뭐야……?"

이 상황에서 웃는다고?

코르크는 오발루트의 미소를 보며 불안함을 느꼈다.

뭔가가 있나?

"크큭, 크크큭……."

오발루트가 거칠게 웃어 젖혔다.

터져 나온 마의 기운이 공간을 뒤덮어 버렸다.

오발루트는 승리를 직감했다.

삼두견, 그 녀석만 내 힘이 되어준다면…… 그럼 저런 중, 하급 마족은 아무것도 아니었다. 뼈다귀는 더 쉬웠고.

그러니, 살아나라!

마의 기운이 사방으로 퍼지며 죽어버린 이들의 혼을 강제로 잡아당겼다. 영혼이 끌려오는 게 느껴졌다.

가장 먼저 손에 들어온 것은 죽어버린 부하들의 것이었다.

"크크큭……!"

웃으며 녀석들을 살려냈다.

크워……!

그에 놀란 코르크와 보쿠마가 황급히 포위망을 구축했다.

"뭐야, 이거!"

"되살아났다고……?"

그 틈을 타서 삼두견을 찾아내면 된다. 켈베로스, 놈의 영혼을 손에 넣어야만 했다.

어디냐, 어서……!

그러나 영혼은 느껴지지 않았다.

어디지……?

아무리 살펴봐도 더 이상의 영혼은 없었다.

왜……?

황급히 정신을 집중했다. 그러나 보이지 않았다. 다시금 뒤져 봐도 역시 영혼은 존재하지 않았다.

왜, 왜에에에에!

당연했다. 삼두견은 무혁이 이미 한 번 되살렸던 존재. 한 번 살아났다 죽은 생명체는 다시 살아날 수 없다. 영혼조차 소멸되기 때문이었다.

"뭐야, 별거 없는데?"

"아무래도 되살아나면서 실력이 좀 떨어진 것 같군."

"아아."

그사이, 살려낸 부하들이 죽어나갔다.

아, 안 돼……!

오발루트는 상황의 심각성을 깨달았다.

이대로는 죽게 되리라.

조심스럽게, 기척을 숨기고서 녀석들과 거리를 벌렸다.

"어, 설마……?"

하필이면 그때 코르크가 다가왔다.

"설마 도망치는 건 아니겠지, 오발루트?"

"……."

"뭐야, 왜 말이 없어? 진짜였어?"

오발루트는 속으로 설가했다.

젠장, 빌어먹을……!

그러나 현실은 이미 최악으로 치달았다.

스슥.

어느새 보쿠마와 하급 마족이 퇴로를 차단했고.

"끝냈으면 여기로 오라고."

거기에 스켈레톤까지 다가오고 있었으니까.

선택의 순간이었다. 죽느냐, 혹은 충성을 맹세하느냐.

오발루트의 어깨가 처졌다.

여기서 죽을 순 없지.

그는 황급히 한쪽 무릎을 굽혔다.

"저기……."

"에? 뭐야?"

"충성을 맹세하겠습니다, 코르크 님, 보쿠마 님."

"진심이야? 상급이 중급한테 충성을 맹세한다고?"

"예……."

"푸, 푸하하하!"

코르크가 비웃었으나 이미 결정한바 바꿀 마음은 없었다.

"좋아, 우리 둘에게 동시에 충성을 맹세하면 되겠네?"

"예……?"

동시 충성 맹세. 혹시라도 코르크와 보쿠마의 사이가 나빠질 경우 둘에게 충성을 맹세한 오발루트는 절로 죽음을 맞이하게 된다.

"그래도 괜찮으면 맹세하고."

고민은 길지 않았다.

"하, 하겠습니다."

그렇게 상급 마족을 부하로 두게 된 코르크와 보쿠마였다.

소환수를 마계로 보내고서 칼럼 마을로 돌아간 무혁.

"무혁 님, 최고였어요!"

"아, 네. 고맙습니다."

솔로 보스 레이드를 봤는지 간간이 인사를 해오는 유저들.

군마에 탑승한 채로 속도를 높이자 금방 칼럼 마을의 성문이

보였다.

"충!"

입구를 지키고 있는 도란과 병사들이 예를 표했다.

"주군, 괜찮으십니까?"

"그래, 괜찮아."

"보스 몬스터는 어떻게……."

"처리했어."

"예? 혼자 말입니까?"

"그래."

도란의 눈이 반짝거렸다.

"역시 주군입니다."

"그냥 운이 좋았지."

뒤쪽 병사들도 감탄한 표정들이었다.

"들어가자고. 아, 병사들도 경계 멈추고."

"예, 영주님!"

안으로 들어가자 영지민들이 보였다.

"여, 영주님!"

"영주님, 어떻게 되었나요?"

그들도 걱정이 많으리라.

"이제 괜찮아요."

"고맙습니다, 고맙습니다⋯⋯!"

그들의 인사를 받으니 괜히 뿌듯해졌다.

뒤이어 다가오는 라카크.

"영주님!"

"천천히 오세요. 보스 몬스터는 처리했으니까요."

"아아⋯⋯!"

"일단 정리되었다는 것부터 알립시다."

"알겠습니다, 영주님."

라카크는 곧바로 영지 안정에 들어갔다. 무혁이 보스 몬스터를 처리했다는 것을 공식적으로 발표했다.

그 발표를 들은 이들이 듣지 못한 이들에게 자랑하듯 퍼뜨리기 시작했다.

"다행이야, 정말."

"뭐가 말인가."

"영주님이 보스 몬스터를 혼자 처리했다더라고."

"정말인가?"

"그럼, 정말이지."

"혼자서⋯⋯ 그게 가능한 건가?"

"아, 자네는 마을이 작을 때 없었던가?"

"없었지."

"그럼 모를 수도 있겠구만. 여기가 엄청 작은 마을이었을 때 말이야, 몬스터들이 쳐들어왔는데 그때 영주님께서 혼자 막……!"

"오오, 그런 일이 있었나?"

"그렇다니까."

"허허, 몰랐구만. 대단하신 분이었군."

"그럼, 그럼."

충분히 안정이 되었을 때.

뒤늦게 온 상위권 유저들이 미간을 찌푸리며 돌아갔다.

"미친, 혼자서?"

"영상도 떴어."

"괜히 왔잖아, 그럼."

"쩝, 별수 없지."

"아무튼 대단하긴 하네. 랭킹 2위의 힘인가."

"랭킹 1위는 얼마나 세려나."

"다크 유저?

"어, 요즘 안 보이더라고."

"그러게, 뭐 하고 사는 거지?"

"뭐, 알아서 지내겠지."

그들을 지나치는 한 여인, 예린이었다. 그녀는 영주실로 향했고 안에서 무혁을 발견할 수 있었다.

"오빠!"

"어, 왔어?"

"뭐야, 또 강화 중이야?"

"아아, 할 게 없어서."

무혁은 작업을 중단하고 예린을 맞이했다.

"퀘스트는?"

"잘 끝냈지. 오빠는? 보스 몬스터 혼자서 잡았다며?"

"어, 되더라고."

"완전 대박……!"

무혁은 예린에게 삼두견을 잡고서 얻은 보상들을 알려줬다. 그녀는 정말 자기의 일인 것처럼 순수하게 기뻐해 줬고 덕분에 무혁도 진심으로 웃을 수 있었다.

[소환수가 경험치를 획득합니다.]

그때 소환수 경험치가 들어왔다.

둘, 셋, 넷…… 열한 번이라는 적은 숫자의 메시지였지만 무혁은 넘치도록 만족했다. 한 번 메시지가 뜰 때마다 대량의 경험치가 들어온 덕분이었다.

얼마나 더 시간이 지났을까.

[시작 구역을 내곽 1구역으로 변경할 수 있습니다.]
[변경하시겠습니까?]

떠오른 홀로그램에 눈을 빛냈다.

내곽 1구역······?

전에는 외곽이었는데 이젠 내곽이었다.

궁금하네, 진짜.

도대체 어떤 상황인지 알 수가 없었다.

[시작 구역이 변경되었습니다.]

곤이어 모든 소환수가 죽었고, 무혁은 쿨타임에 맞춰 소환수를 모두 불러내어 마계에서 획득한 경험치로 스탯을 올렸다. 골고루 분산되도록.

이후 녀석들을 다시 마계로 보냈다.

[소환수가 경험치······.]

전쟁을 하는 동안에는 만약을 대비해 마계로 거의 보내지 않았었다.

그 반대급부라고 해야 할까. 스켈레톤이 마계에서 돌아올 때마다, 그리고 쿨타임이 허락하는 한 계속해서 소환수를 그곳으로 보냈다.

평온한 나날이 이어졌다. 성민우와 예린, 두 사람 모두 퀘스트를 끝내고서 칼럼 소도시에 도착했다.

"뭐 해야 하지?"

"용병 의뢰나 해야지."

"아아."

함께 모여 용병 의뢰를 받았다. 무난한 몬스터 사냥 의뢰부터, 귀족의 각종 부탁을 들어주는 의뢰까지 마다하지 않았다. 어느 날은 PK범을 잡아다 현상금을 타기도 했다.

물론 무혁은 그러는 와중에도 틈틈이 칼럼 소도시에 들러 발전도를 체크했다. 강화는 당연했고, 요리도 꾸준하게 이어 갔다.

그렇게 다가온 주말. 녹화했던 영상들이 프로그램 '일루전의 세계'를 통해 전파되었다.

전쟁에 열광하는 이들. 그러나 그런 거대한 싸움에도 대륙은 안전했고 거기서 희망을 발견한 모양이었다.

-일루전은 사라지지 않는다.

그것은 곧 열기가 되었고, 주가의 상승으로 이어졌다. 이슈가 이어지는 가운데 재밌는 이야기가 들려왔다.

"그라칸 대륙이?"

"어, 카이온 대륙 침공했다는데?"

"재밌네."

포르마 대륙에 보상을 하면서 쇠약해진 카이온 대륙으로서는 난감한 일이 아닐 수 없었다.

"우린 뭐 할 거 없나?"

"있겠냐."

"하긴, 우리랑 카이온이 싸울 때도 그라칸은 구경만 했었지."

이번엔 카이온 대륙 유저들이 구경할 차례인 모양이었다.

"어떻게 되려나."

작은 전투가 곳곳에서 벌어졌다.

상황은 뻔하게 흘러갔다. 그라칸 대륙의 압도적인 승리.

카이온의 무력한 패배였다. 작은 전투에서 패배하고 그 피해가 쌓인 것이 자연스럽게 큰 전투에서의 불리함으로 이어졌다. 그라칸의 기세가 올라갔고 카이온의 기세는 하락했다.

시간이 지날수록 보다 명확해졌다.

"이건 뭐……."

"이길 수가 없겠는데?"

"버티는 것도 힘들겠고."

"끝났네."

많은 이의 예상대로 진행되었다. 카이온 대륙은 패배를 인정했고 그라칸 대륙은 그들에게 보상을 요구했다. 결코 합당하지 않은, 그러나 들어줄 수밖에 없는 수준의 보상을 말이다.

"이건 뭐, 거의 망한 거 아니냐."

"설마, 그래도 대륙인데 쉽게 망하진 않겠지. 크게 흔들리는 정도?"

"그게 망한 거지."

"뭐, 그래도 어떻게 될지는 모르니까."

정말 낮은 확률로 분위기가 반전되거나. 혹은, 망해 버린 대륙에서의 이점이 있을 수도 있는 법이었으니까.

하지만 전쟁이 끝난 후 카이온 대륙의 분위기는 암울했다.

"홈페이지에 재밌는 거 떴더라."

"뭔데?"

"잠깐만, 다시 한번 보고."

무혁이 게시물을 확인했다.

[제목 : 카이온 대륙 유저들 불쌍해요.]

[내용 : 카이온 대륙 지금 크게 흔들리고 있는 건 아시죠? 그거 때문에 퀘스트 보상도 엄청나게 짜고요. 특히 의뢰 보상……ㅠㅠ 이게 상위권 유저한테는 생명인데 말이죠. 쩝. 그리고 상점 물건들도 시세가 엄청나게 올랐다고 하더라고요. 나라에서 세금을 많이 걷으니 뭐, 별수 없겠죠. 아무튼 지금 카이온 대륙 상황은 보상은 짜고 과정은 험난하다고 말할 수 있겠네요.]

└**으, 최악이다.**ㅋㅋㅋㅋ

└**절대 안 가야지……!**

└**나도!**

└**어우, 미친. 카이온 대륙 유저들 어쩌냐.**

└**다른 대륙으로 다 넘어갈 듯.**

└리얼, 팩트.

└그래도 될 놈은 되더라.

└인정.

└신경 끄고 우리나 잘 합시다.

읽은 내용을 성민우, 예린, 김지연에게 말해줬다.

"어머······."

예린이 안타까운 표정을 지었다.

"카이온 유저들 어떡해, 불쌍하다······."

"뭐, 다른 대륙으로 갈 수 있으니까."

"아, 그렇구나."

"그러면 우리 대륙 유저 늘어나겠네?"

"그렇겠지."

과연 어떻게 상황이 흘러갈 것인가. 의문은 금방 풀렸다.

"야, 공지 떴다."

"공지?"

"뭔데?"

성민우가 씨익 하고 웃었다.

"다들 직접 확인해 봐. 대박이니까."

[제목 : 긴급 공지사항]

[내용 : 안녕하십니까, 일루전 유저 여러분. 대륙 간 전쟁으로 인해
분위기가 뒤숭숭한 이때, 일루전에서 준비한 대규모 이벤트를 알려드

리고자 합니다. 이번 이벤트를 즐겁게 즐겨주신다면 감사하겠습니다.

  1. 첫 번째 이벤트-몬스터 침공.

  5일 뒤부터 시작되며 1주일 동안 랜덤 지역에 대량의 몬스터가 침공합니다. 제국, 왕국, 도시, 소도시, 마을을 가리지 않고 진행될 예정이며 몬스터 출몰 시간 역시 랜덤으로 진행되는 것을 명심해 주시기 바랍니다. 이벤트에 나오는 몬스터를 사냥할 경우 보다 더 많은 경험치를 획득할 수 있습니다.

  2. 두 번째 이벤트-제2회 최강자전.

  정확히 14일 뒤 제2회 최강자전이 오픈됩니다. 이번 최강자전은 1회 때와는 다르게 각 대륙에서 먼저 대표를 선발해 진행됩니다. 대륙의 대표로 선발되면 1차 보상이 지급됩니다. 이후 대륙전에서 승리하게 되면 운영진에서 준비한 또 다른 보상을 얻을 수 있습니다. 보상 아이템은 지금까지 볼 수 없었던 뛰어난 아이템이며 해당 아이템은 1주일 후에 공개됩니다.]

  안 그래도 좀 지루했는데.

  이런 이벤트라면 언제라도 환영이었다.

  "봤냐? 다들 봤어?"

  "응! 이거 완전 대박……!"

  "그러게, 괜찮네."

  "크, 어마어마하지. 난 개인적으로 최강자전보다 몬스터 침공이 더 기대되는데? 랜덤 지역, 랜덤 시각! 거기에 경험치도 더 많이 준다고 하니까."

"으흠."

순간 무혁의 미간이 조금 찌푸려졌다.

"칼럼 소도시도 준비시켜야겠네."

"아, 참. 너 영주였지?"

"어."

"뭐, 영지민으로 막아내긴 힘들겠고…… 5일 뒤부터 칼럼 주변에서 지내면 되지 않겠냐."

"그래야지."

아마도 큰 문제는 없으리라. 유저도 꽤 많고.

그들이 조금이라도 시간을 끌어줄 테니까.

"아무튼 재밌긴 하겠네."

"그치?"

오랜만에 다들 기대감으로 젖어갔다.

⁂

일루전에서 나와 저녁을 먹고 거실에서 잠깐 쉬고 있는데 어머니가 서류를 건넸다.

"우편 왔어."

"우편?"

"응, 일루전 기업이라고 적혀 있는데, 뭐니?"

"일루전에서?"

무혁이 고개를 갸웃거렸다.

"나도 잘 모르겠는데……."

그 자리에서 우편을 뜯었다.

㈜일루전 주주총회 소집 통지서

주주 여러분의 건승과 댁내의 평안을 기원합니다.

상법 제365조 및 당사 정관 제1장 주주총회 제17조, 제18조, 제19조 규정에 의거하여 주주총회를 아래와 같이 개최하오니 참석하여 주시기 바랍니다.

주주총회라고……?

"뭐니?"

"아, 주주총회래."

"주주총회?"

"응, 일루전 주식 좀 들고 있잖아."

"아아, 그랬구나."

어머니는 곧 관심 없다는 표정으로 TV를 틀었다.

흐음, 한번 가볼까.

3일 뒤, 딱히 할 일이 없는 요즘이었기에 참석해도 괜찮을 것 같았다. 이내 소집 통지서를 반으로 접어 테이블에 올려놓은 후 어머니와 함께 TV를 시청했다.

휴식을 취한 후 방으로 들어가 일루전에 접속했다. 진행 중인 의뢰와 몬스터 처치를 위해 스켈레톤을 소환해 사방으로 뿌렸다. 각 1번에게 지휘 권한을 넘겨준 후 자리에 앉아서 요리를 준비했다.

포만도도 떨어졌고 곧 성민우와 예린, 김지연도 접속할 것이다. 그들 역시 포만도가 부족할 터.

1회용 요리 도구를 꺼낸 후 인벤토리를 살폈다.

뭘 만들지?

오랜만에 칼칼한 게 끌렸다.

자이언트 피그 찌개.

쉽게 말해 돼지찌개라고 보면 되었다. 다만 일반적인 돼지고기는 아니었다. 오직 일루전에서만 존재하는 자이언트 피그. 소고기보다 부드럽고 돼지고기보다 풍미가 있으며 오리고기보다 더 감칠맛 나는 환상의 고기를 듬뿍 넣은 후, 칼칼하게 간을 맞춰 찌개를 끓일 예정이었다.

"룰루."

요리를 하면 괜히 기분이 좋아졌다. 요리도 나름 노동이지만 이상하게 즐거워진다.

탁, 타닥.

미소를 머금은 채로 자이언트 피그 고기를 큼직하게 썰어 냄비에 올려 구웠다. 다른 냄비에는 물과 각종 채소를 넣어 살짝 데쳤고.

"오빠, 뭐 해?"

그때 뒤에서 반가운 소리가 들렸다.

"어, 왔어?"

"응, 뭐야? 냄새 완전 좋아!"

예린의 기대 어린 눈빛. 무혁의 어깨가 으쓱거린다.

"조금만 기다려."

"응!"

뒤이어 성민우와 김지연도 접속했다.

"오, 맛있는 냄새!"

성민우가 고개를 들이밀었다.

"비켜라, 안 준다."

"엇, 미안."

성민우가 급히 뒤로 물러섰다.

"흐흐, 일루전은 이게 좋다니까."

"뭐가?"

"색다른 맛을 미치도록 맛있게 즐길 수 있잖아. 난 사실 사냥보다 먹는 게 더 좋더라고."

"뭐, 그건 인정."

무혁 역시 다르지 않았다. 일루전의 요리는 특별했기에.

"다 됐네. 먹자."

"오케이!"

"꺄아아아아!"

"마, 맛있게 먹겠습니다."

몬스터가 나타나는 사냥터 주변 나무 그늘. 나무 의자에 앉아 식탁 위에 놓인 음식을 음미했다.

키아아아악!

조금 떨어진 곳에선 스켈레톤이 몬스터가 다가오지 못하게 막았다.

기이한 광경 속에서.

"우오오! 대에에박!"

"완전 맛있어, 오빠. 최고!"

그들은 만찬을 즐겼다.

틈틈이 칼럼 소도시에 들러 상황을 살폈다.

"군사력에 조금 더 힘을 써주세요."

"알겠습니다, 영주님."

지시를 내리자 라카크가 영주실에서 나갔다.

무혁은 시간을 확인한 후 예린에게 채팅을 남겨놓고 로그아웃을 했다.

[무혁 : 주주총회가 있다고 해서 다녀올게. 민우랑 지연이한테도 말해줘.]

밖으로 나와 깔끔한 옷을 챙겨 입었다. 차를 끌고 목적지로 향했다.

머지않아 도착한 일루전 본사. 생각 외로 사람이 많았다.

게다가 젊은 사람의 비중이 상당했다.

입구로 다가가니.

"신분증과 통지서 확인하겠습니다."

"아, 네."

"확인했습니다."

안으로 들어서서 천천히 구경을 했다. 벽에는 각종 그림이 걸려 있었고, 중앙 유리관에는 골동품이 비치되어 있었다.

엄청나네.

역시 일루전 기업이라는 생각이 들었다.

느긋하게 돌아보고 있을 무렵.

-안내 말씀드립니다. 저희 일루전 기업의 주주총회에 참석하신 여러분께 먼저 감사의 인사를 드립니다. 주주총회는 10분 뒤에 시작되며 위치는……

주변을 돌아보니 멀지 않은 곳에서 안내원이 사람들을 인도하고 있었다. 걸음을 옮겨 그들의 뒤에 따라붙었다.

거대한 홀로 들어섰다. 원형 탁자가 곳곳에 놓여 있고 그 아래 숫자가 표시되어 있었다.

음?

품에서 통지서를 꺼내었다.

5.

아, 숫자가 있었네……. 어디지.

천천히 살펴보니 단상에서 두 번째 줄이었다.

빈자리에 앉아 주변을 보는데 생각보다 중후한 이들이 많았다.

그들이 슬쩍 무혁을 쳐다보더니 고개를 갸웃거렸다.

"처음 뵙는군요."

"아, 네."

중년인 한 명이 말을 걸어왔다.

"전 이런 사람입니다."

그가 명함을 건넸다. 중소기업의 사장이었다.

무혁은 멀뚱히 그를 바라보다 뭐라도 소개를 해야겠다는 생각으로 입을 열었다.

"아, 저는 그냥 일루전 즐기고 있는 유저입니다."

"하하, 일루전이야 모두가 즐기죠."

"아아, 그러면……."

고민하다가 입을 열었다.

"랭킹 2위 유저라고 해둘게요."

"예……?"

중년인의 눈이 순간 커졌다.

"엇, 그러고 보니……!"

그가 갑자기 몸을 일으키더니 악수를 청해왔다.

"가끔 투구 벗을 때 얼굴 봤었는데 이제 기억이 나네요. 정말 반갑습니다. 저 일루전 TV 애청자입니다."

"아……!"

이런 인연이 다 있을까.

무혁도 자리에서 일어나 손을 뻗었다.

"조금 당황스럽긴 하지만, 저도 반갑네요."

"하하, 이거, 참."

그와 이런저런 이야기를 나눴다.

"그러고 보니 주식을 꽤 갖고 계신가 보네요."

"조금요."

"짐작은 하시겠지만 1번 탁자는 대주주입니다."

"아아……."

그래봐야 3명이었다.

"2, 3, 4번 테이블에 있는 이들은 소주주지만 상당한 수준의 비율을 차지하는 이들이죠. 그리고 여기 5번도 무시할 정도는 아니고요."

그런 곳에 무혁이 속한 것이다.

하긴…… 생각해 보면 어마어마한 액수의 주식을 지닌 무혁이었으니까.

현재 1주에 1,300만 원. 1,200주를 넘게 지니고 있으니 무려 150억이 훌쩍 넘는 금액이었다. 초기부터 꾸준히 모아온 덕분에 가능한 일이었다.

그렇게나 모였구나, 벌써.

괜히 마음이 뿌듯해졌다.

그때 단상으로 젊은 사내가 올라왔다.

"오래 기다리셨습니다."

간단한 인사가 이어지고.

"그럼 지금부터 경영 현황에 대해 발표하겠습니다."

그들의 발표를 지켜봤다.

흐음.

가끔 잘 이해되지 않는 부분도 있었다. 그래도 한 가지는 확실했다. 기업의 가치가 꾸준히 상승하고 있다는 것.

"혹시 질문하실 분 계십니까."

이어진 질문 타임에서 생각보다 많은 이가 손을 들었다.

"네, 11번 테이블에 계신 분."

"크흠, 내가 말이야, 일루전을 하는데……."

그러나 소주주들의 질문은 수준 이하였다.

"아이템이 안 나오더라고! 도대체 왜 그런 거야?"

"아, 그건 말입니다……."

이런 적이 한두 번이 아닌지 단상 위의 사내는 자연스럽게 대처했다. 하지만 그와 비슷한 질문이 이어졌다.

"아, 거기 9번 테이블의 여성분."

"네, 현황을 보니 아직 캡슐의 보급률이 낮은 편이던데요."

"그렇습니다. 세계적으로 본다면 낮은 편입니다."

"아무래도 누군가는 하루 벌어 하루 먹고 살아가야 할 테니까요. 그들을 위한 보조 방안은 없는 건가요?"

제대로 된 질문이었다.

사내 역시 오랜만에 미소를 지으며 답변을 했다.

"물론 있습니다. 우선적으로……."

충실한 설명에 여성이 고개를 끄덕였다.

이후 몇 가지 질문을 더 받았다.

"그럼 이것으로 경영 현황에 대한 발표를 마치도록 하겠습니다. 식사를 준비했으니 마음껏 드시면 됩니다."

사람들이 몸을 일으켰다.

"뭐, 별거 없네요."

"하하, 여기가 좀 그렇죠."

몸을 일으키려는 순간 중년인이 말을 이어갔다.

"그래도 좀 기다려 보세요."

"네?"

중년인은 그저 웃을 뿐이었다.

뭐가 또 있나.

무혁은 인내심을 발휘했다.

뒤쪽 테이블 사람들이 하나둘 일어나 홀을 벗어났다. 그런데 확실히 앞쪽 테이블에 위치한 이들은 가지 않고 있었다.

"아이고, 오래 기다리셨습니다."

그때 한 사내가 나타났다.

무혁이 고개를 돌려 물었다.

"누구예요, 저 사람?"

"일루전 영업 부서 총괄 본부장일 겁니다."

"아아……."

아무래도 귀찮아질 것 같았다.

"전 딱히 관심이 없어서."

무혁은 방청자인 그에게 인사를 하고 일어나 홀을 벗어났다. 다행히 본부장이라는 사람은 첫 번째 테이블에 집중하고 있었던지라 무혁에게 관심을 주지 않았다.

뭐, 좋은 경험이었네.

그렇게 여기고서 집으로 돌아갔다.

한편 인사를 마친 본부장, 하남성이 고개를 갸웃거렸다.

"여기."

"예, 본부장님."

"한 사람이 비는데?"

"어, 그게……."

직원이 급히 이리저리 알아봤다.

"먼저 간 모양입니다."

"그래? 누구였지?"

"강무혁이라는 사람입니다."

"뭐 하는 분이지?"

"게이머라고 나와 있습니다."

"아아, 일루전 유저군. 뭐, 됐어. 가자고."

"예!"

하남성은 본부장실로 들어갔다. 마침 호출이 왔다.

"본부장님, 회장님이 부르십니다."

"어, 그래."

주주총회 보고서를 들고 회장실로 올라갔다. 지긋하게 나이를 먹었으나 아직도 눈빛이 살아 있는 일루전 기업의 회장, 하건석이 둘째 아들 하남성을 쳐다봤다.

"총회는 잘 끝났고?"

"예, 회장님. 여기 보고서입니다."

"한번 보자."

하건석이 보고서를 확인했다.

"깔끔하구나. 그보다, 내가 언급했던 소액 주주들은 모두 만나봤고?"

"네. 아, 한 명은 못 만났습니다."

"한 명?"

"예."

"누구지?"

"강무혁이라고…… 일루전 유저인 모양입니다."

순간 하건석의 표정이 꿈틀거렸다.

"그래서?"

"예……?"

"게이머라서 없어진 걸 알고서도 그냥 돌아왔다?"

"그게…….'

"게이머를 무시하는 거냐?"

"아, 아닙니다."

"아니면? 왜 따라가서 만나지 않은 거냐."

굳이 그렇게까지 했어야 하는가.

그 말이 차올랐으나 하남성은 입도 뻥긋하지 못했다.

"100억 이상의 인물만 그 자리에 앉혔다. 그런데 가는 것을 그냥 뒀다고? 100억이 우스운 거냐, 아니면 생각이 잘못된 거냐. 일루전으로 먹고 사는 네가 일루전 게이머를 무시한 건 아니겠지?"

"그, 그럼요."

"그래, 그 순간 너는 여기 발 못 붙인다. 알겠느냐?"

"예, 회장님……."

대답을 듣고서도 하건석은 못마땅한지 혀를 찼다.

"쯧, 다음 주총에서는 꼭 인사를 나누거라."

"예."

그제야 지독한 압박감이 사라졌다.

"나가봐라."

하남성이 나가고 하건석이 보고서를 다시 확인했다.

"한심하긴."

그는 알고 있었다. 강무혁이 일루전 랭킹 2위임을. 그러나 자식에겐 알려주지 않았다. 스스로 나아가야 했기에. 그런데 둘째 아들은 그 기회를 발로 찼다.

무려 2위. 그를 끌어들일 경우의 효과가 얼마일지 상상도 되지 않았다.

"에잉."

정말 마음에 드는 녀석이 없었다.

무혁은 일루전에 접속하자마자 마을을 다녀왔다.

"네, 군사력 더 보강해 주세요."

"알겠습니다, 영주님."

"도란, 너도 갈래?"

"아닙니다. 전 수련을 좀 해야겠습니다."

"그렇게 해, 그럼."

"조심하십시오, 주군."

"그래."

무혁 홀로 사냥터로 이동해 동료들과 재회했다.

"의뢰는 끝났지?"

"어, 끝!"

함께 의뢰소로 향해 보상을 받았다.

[경험치를 획득합니다.]

[골드를 획득합니다.]

[헤밀 제국 공헌도(100)를 획득합니다.]

곧바로 다른 의뢰를 살폈다.

흐음.

어떤 의뢰를 받을지 고민하고 있는데 성민우가 의뢰서를 넘겨줬다.

"이거 어때 보이냐."

[보스 몬스터를 처치하라]

[대륙 어딘가, 몬스터를 넘어선 어마어마하게 강한 녀석들이 존재한다. 그들을 보스 몬스터라 부르는데 존재만으로도 사람들

에게 극한의 공포를 선사한다. 그들은 마을을 파괴하여 사람들을 무자비하게 죽이고 먹이로 삼는다. 보스 몬스터를 사냥하여 놈의 증표를 가져오라.]

　[적정 레벨 : 200]

　[적정 등급 : C]

　[성공할 경우 : 사냥한 보스 몬스터의 증표에 따른 차등 지급.]

　"좋은데?"

　"이걸로 한다? 다들 괜찮지?"

　"응, 나도 좋아!"

　"오케이, 수락!"

　곧바로 의뢰 수락 메시지가 떠올랐다.

　"그럼 일단 정보부터 찾아야지."

　"홈페이지부터 뒤져보자고."

　네 사람 전부 일루전 홈페이지에 접속해 보스 몬스터를 검색했다. 25분 전부터 올라오고 있는 수십 개의 글이 시선을 끌었다.

　[제목 : 아니, 레벨 200 주제에 왜 이렇게 세요?]

　[내용 : 원래 이래요? 아무리 보스라지만 좀 심하네요. 제가 보스 처음 잡아보는데, 이거 잡을 수 있기는 한 거예요? 좌절감 느끼는 하루네요.]

　└**자랑질임?**

　└**뭔 소리?**

└레벨 210이라고 자랑하는 거잖아.

└아닌데…… 진짜 몰라…….

└구라 사절.

[제목 : 지금 비르 왕국에 보스 몬스터 있어요!]

[내용 : 25분 전에 나온 보스 몬스터! 레벨은 200! 지금 유저들 모여서 싸우는 중인데 쉽지가 않네요! 저는 영상 찍으면서 구경하고 있습니다. ㅋㅋ 어우, 근데 오지게 재밌네요. 구경만 해도 겁나 재밌음! 오세요, 어서! 여기 비르 왕국 남문, 아래쪽에 있는 수목초원입니다!]

비르 왕국의 수목초원.

위치를 파악했으니 바로 출발하는 게 옳았다.

"찾았어."

"벌써?"

검색을 하던 세 사람이 손을 휘저었다.

"어딘데?"

"비르 왕국 수목초원."

"오케이, 가자고."

비르 왕국.

속도를 높여 수목초원으로 달려갔다.

"꽤 많네."

이미 많은 유저가 보스 몬스터를 레이드하고 있었다.

"뭐지, 용인가?"

"용은 좀……."

"이무기인가, 그럼?"

용이라고 하기에는 너무 밋밋하게 생긴 몬스터였다.

이무기. 딱 그렇게 보면 될 것 같았다.

"엄청 큰데……?"

가까이 다가갈수록 놈의 실체가 드러났다.

똬리를 튼 모습이 위압적이었다.

순간 놈이 몸을 풀며 몸을 세웠다. 마치 하늘을 뚫어버릴 것처럼 솟아오른 녀석이 아래를 내려다보며 산성의 비를 내뿜었다.

"미친……!"

"피, 피해!"

주변 유저들이 사방으로 흩어졌다.

"우리도 물러나자!"

"오케이!"

급히 군마의 방향을 틀었다.

빗방울이 되어 쏟아지는 녹색 액체.

치이익.

바닥에 있던 돌과 풀이 녹아버렸다.

"어우……."

산성의 비가 그치고.

스으윽.

다시 똬리를 틀려고 하는 이무기에게 유저들이 달려들었다.

화려한 기술들이 사방에서 뿜어져 이무기의 신체에서 터졌다.

콰과과과광!

타격을 받았는지 움찔거렸다. 순간 머리를 오른쪽으로 크게 돌리더니 엄청난 속도로 사방을 휘저었다.

이무기의 머리가 거대한 둔기가 되어 유저들을 짓이기고 날려 보내기 시작한 것이다. 워낙에 머리가 크다 보니 피하는 것도 쉽지 않았다.

"크어어억!"

탱커 계열 유저 일부가 다급한 표정을 지었다.

"히, 힐!"

"나도!"

무혁은 잠깐 상황을 지켜봤다.

"어차피 의뢰가 목적이니까 좀 지켜보자고."

"오케이."

얼마 지나지 않아 유저가 대거 모여들었다.

상당한 규모의 길드도 있었고.

"호, 유명한 사람들은 다 모이네."

"200레벨 보스 몬스터니까."

하지만 아직도 부족해 보였다.

슬쩍 일루전 TV를 확인했다.

-무혁 님, 어서 싸우죠!

-VR 대기 중입니다! 어서요, 고고고!

-갑시다!

방청자들의 반응은 예상대로였다.

뭐, 그렇다고 죽을 순 없으니.

위험을 감수할 생각은 없었다. 저 녀석은, 삼두견과는 차원이 달랐으니까.

보다 안전하게, 이길 가능성이 보이는 순간 그때 나설 것이다. 물론 준비는 해둘 생각이었다.

스켈레톤 소환.

진화하지 못한 녀석 전부를 제물로 삼아 데스 스켈레톤 300마리를 불러냈다.

"흐음."

얼마나 더 기다렸을까. 실력이 부족한 자들은 죽거나 포기했고 남은 이들이 뭉친다.

그 숫자가 차츰 늘어나고 기세가 오를 즈음.

"우리도 참여해 볼까."

"지금?"

"어."

"흠, 가능하려나?"

"이 정도면 될 거 같아서."

"오케이, 네 생각이 그렇다면야."

"나도 찬성."

"오빠가 좋다면야."

모두 무혁의 생각에 동의했다.

"그럼 준비하자고."

아머나이트와 아머기마병 몇 마리를 제물로 해서 데스 스켈레톤 200마리를 다시 한번 불러냈다. 기다리면서 MP를 충분히 채운 상태라 가능한 일이었다.

"또 부른 거야?"

"어."

"미친, 말이 되냐. 사기네, 진짜."

"내가 좀 사기지."

"에이, 모르겠다. 우리야 편하긴 하니까."

성민우의 능청스러운 말에 무혁이 씨익 웃었다.

"오늘도 편하게 이득 보자고."

"오케이! 정령 소환!"

성민우가 정령을 불러냈고.

"울프 소환!"

예린은 다람쥐 대신 은빛의 늑대를 다수 불러냈다.

"멋있는데?"

"헤, 이번에 고생 좀 했지."

가장 후미에는 김지연이 위치했다.

앞으로!

700마리가 넘는 스켈레톤 대군이 동시에 걸음을 내디뎠다. 모여든 유저가 많으니 여유가 있었다.

확실히 편하네. 스켈레톤을 무리하게 내던지지 않아도 되었으니까.

주로 아머메이지의 마법이나 기마궁수의 뼈 화살로 이무기에게 피해를 입혔다.

[공헌도(7)가 상승합니다.]

이번에는 공헌도에도 욕심을 부리지 않았다. 높으면 좋겠지만 굳이 위험을 감수하면서까지 1위가 될 생각은 없었다.

"의뢰 달성에 중점을 두자고."

"오케이."

"알겠어, 오빠."

그럼에도 공헌도 순위는 빠르게 치솟는 중이었다.

"야, 너 벌써 3,900위인데?"

"그러게."

"와, 오빠. 말하는 사이에 3,800위야."

기마궁수의 뼈 화살은 쉬지 않기에.

팡, 파앙!

무혁도 스킬 쿨타임이 돌아올 때마다 공격을 퍼부었고 말이다.

풍폭, 파천궁술……!

덕분에 순위의 상승이 빨랐다.

3,700위, 3,650위.

하지만 당사자인 무혁은 순위에 크게 신경을 쓰지 않았다.

기마궁수, 파워샷.

그저 놈을 쓰러뜨리기 위해 차근차근 단계를 밟아나갈 뿐이었다.

"뜬다······!"

"피해!"

이무기가 다시금 하늘로 솟구쳤다.

"뒤로 가자고."

충분히 거리를 둔 상태였던지라 무혁과 일행은 느긋하게 거리를 벌렸다.

쏴아아아.

쏟아지는 산성의 비.

"아, 제에에엔장!"

"빌어먹을!"

피하지 못한 일부 유저가 녹아내린다.

"저 사람한테 힐 좀 줘요!"

"아, 네!"

그들에게 쏟아지는 치유의 빛.

"어서 나와요!"

"빨리!"

황급히 속도를 내고.

"허억, 허억."

비의 범위에서 나오는 순간 안도하며 바닥에 주저앉았다.

"가, 감사합니다."

"조심하세요."

"네!"

산성의 비가 그쳤다.

"다시 가죠!"

유저들이 거리를 좁힌다.

콰아아앙!

쏟아지는 스킬에 이무기가 움찔거리고, 다시 접근한 순간 휘둘러지는 녀석의 얼굴에 피해를 입었다. 곧 정신을 차리고 공격을 이어가다 쏟아지는 산성의 비에 거리를 벌렸다. 이런 전투가 반복되면서 이무기의 HP가 조금씩 줄어들었다.

그때 무혁이 데스 스켈레톤에게 풍폭을 걸어줬다.

키아아아악!

어느 순간부터 녀석이 진한 보랏빛을 발산하기 시작했다.

변화가 일어나는 순간.

왔구나.

무혁의 눈이 반짝였다. 어떤 방식으로든 끝을 봐야 할 때가 왔음을 직감한 것이다.

남은 데스 스켈레톤에게 풍폭을 걸어주고 버프 마법까지 사용한 후 앞으로 보냈다. 이어서 아머나이트와 아머기마병을 퍼뜨려 큰 원을 형성했다.

포위망이었다.

기마궁수와 메이지의 위치는 그대로.

데스 스켈레톤, 죽어버린 기운.

놈에게 랜덤 디버프를 걸자마자 연속 찌르기로 피해를 입혔다.

괴성과 함께 머리를 흔드는 이무기.

데스 스켈레톤 다수가 녀석의 머리에 부딪혔고.

콰아아아앙!

풍폭이 터지면서 동시에 자폭까지 해버렸다.

[공헌도가…….]

연속된 대미지에 솟구치는 공헌도. 꿈틀거리는 이무기.

그 틈을 이용해 아머나이트와 아머기마병이 거리를 좁혔다. 큰 원이 작아졌고 어느새 아머나이트의 방패가 이무기를 압박하는 모양새가 되었다. 그 뒤에 자리를 잡은 아머기마병들은 언제든 공격할 수 있는 자세를 취했다.

일종의 벽이 만들어진 것이다.

"어? 괜찮은데?"

"무혁 님 맞지?"

"맞네."

"오, 이거 잡을 수 있겠는데?"

그 모습을 본 일부 유저도 그들의 소환수를 앞으로 보냈다. 무혁의 소환수 뒤에 자리를 잡도록 지시한 것이다. 덕분에 한층 더 굳건해진 벽을 바라보며 무혁이 걸음을 내디뎠다.

"이제 우리도 가보자고."

본격적인 전투가 시작되었다.

제4장
몬스터 침공

　드디어 이무기가 비틀거렸다. 그리고 결국 녀석을 쓰러뜨리는 것에 성공했다.

"후우."

공헌도 순위는 9위.

안전함을 얻은 대가치고는 나쁘지 않았다.

"아무튼 끝?"

"끝!"

의뢰를 달성한 것으로 만족했다.

곧바로 군마를 타고 헤밀 제국의 의뢰소를 찾아갔다.

"벌써 완료하셨군요."

"네."

"수고하셨습니다."

보상으로 경험치와 헤밀 제국 공헌도가 상승했다.

"아, 참."

"네."

"이번 보스 몬스터 의뢰에 대한 보상은 헤밀 제국의 보카 백작께서 지급하실 겁니다."

이미 받았는데?

"이 패를 갖고 가면 만나실 수 있을 겁니다."

"아아, 네."

의뢰소를 나서자마자 예린이 물어왔다.

"오빠, 우리 또 보상받는 거야?"

"그런 모양인데? 흠, 연계 퀘스트려나?"

"아하?"

성민우가 끼어들었다.

"연계 퀘스트면 대박인데?"

"보스 몬스터 사냥에 이은 거니까, 아무래도……."

"크, 보상도 죽이겠고! 서두르자고, 허리 업!"

성민우가 걸음을 서둘렀다.

"저기, 입구! 빨리!"

"하아, 알았다고."

이미 무혁이 자작임을 알고 있는 병사들이었기에 길을 막아서는 자는 없었다. 오히려 인사를 해오는 그들에게 웃어주며 보카 백작이 머무르는 저택으로 향했다.

저택의 입구를 지키는 기사가 길을 막아섰다.

"무슨 일이십니까."

"보카 백작님을 만나러 왔습니다."

보스 몬스터 처리 증명패를 내밀었다.

"이것은……! 잠시만 기다려 주십시오."

"그러죠."

기사 한 명이 내부로 들어섰다. 얼마 지나지 않아 총관과 함께 기사가 돌아왔다.

"무혁 자작님 아니십니까."

"맞습니다."

"허어, 특별한 분께서 특별한 일을 처리하셨군요. 이리로."

무혁과 일행 모두 그를 따라갔다.

"백작님, 손님이 오셨습니다."

"모시게."

문이 열리자 책상 앞에 앉아 있는 보카 백작이 보였다.

"음? 무혁 자작이 아닌가?"

"네."

"호오, 보스 몬스터를 처리했다고 들었네. 재밌군. 이쪽으로 앉지."

무혁과 일행이 자리에 앉았다.

"바로 본론으로 넘어가겠네, 피차 바쁠 터이니."

"저는 좋습니다."

"흠, 일단 의뢰를 완료해 줘서 고맙군. 내가 그 의뢰를 건 것은 실은 테스트가 목적이었다네."

"테스트 말입니까?"

"그렇지. 일정 수준의 강함을 지닌 보스 몬스터를 처리할 경우, 한 가지 부탁을 하려고 말이야."

"어떤 건가요?"

"얼마 전부터 새로운 섬이 나타났다는 소리가 있어서 말이야."

"섬이라……."

"위치는 정확히 세 개의 대륙, 그 중심이라고 하더군. 이미 탐색을 보냈으나 특별한 점은 발견되지 않았지. 다만 함께 간 고위 마법사 전원이 계속해서 불길하다고 하더군."

"불길하다……?"

"그렇다네. 느낌뿐이라지만 그들의 감지력을 무시할 수도 없고, 그렇다고 시간을 소모해 가면서 나오지도 않는 정보를 캘 수도 없는 일이었지. 생각보다 위험한 몬스터가 자주 출몰했기에 피해도 쌓였고 말이야. 결국 물러나기로 했네."

"그런 일이 있었군요."

"허허, 답답한 와중에 한 가지 좋은 생각이 나더군. 이방인이라면 시간이 걸리더라도 무언가 알아낼 수 있지 않을까 싶은. 해서 보스 몬스터 의뢰를 걸어 수준이 되는 이들에게만 부탁을 해오고 있는 형편이지."

"으음."

새로운 섬이라.

"그 섬에 대해 알아봐 줄 수 있겠나?"

해야 할 일이 많았다. 몬스터 침공 이벤트. 전 세계 최강자전 2회까지.

"당장은 시간을 내기가 어려울 것 같습니다."

"괜찮네, 시간은 얼마가 걸리더라도 상관이 없으니."

무혁이 성민우, 예린, 김지연을 쳐다봤다. 다들 고개를 끄덕였다.

"그렇다면야……."

"수락하는 건가?"

"네."

"고맙군."

[새롭게 떠오른 섬]

[대륙의 중앙, 그곳에 원인을 알 수 없는 하나의 섬이 새롭게 등장했다. 난폭한 몬스터가 다수 등장하지만 그 외에는 특별할 것이 없어 보이는 공간. 하지만 마법사나 신관들 대부분이 그곳에서 불길함을 호소했다. 도대체 어떠한 불길함이 숨어 있는 것인지 알아내어 보카 백작에게 전달하라.]

[성공할 경우 : 정보의 수준에 따라 보상 차등 지급.]

[시간 제한 없음.]

시간의 제한이 없다면 서두를 필요가 없었다.

"뭐라도 알아내면 다시 찾아뵙죠."

"기다리겠네."

보카 백작의 저택에서 나와 시간을 체크했다.

"이제 칼럼 소도시로 가야겠네?"

"어, 오늘부터 몬스터가 랜덤으로 나타날 테니."

"오케이."

1주일간 이어지는 이벤트. 큰 걱정은 없었다. 이벤트인 만큼 몬스터의 숫자가 그리 많지는 않을 것이고. 혹시 조금 과하더라도 주변에서 사냥하는 유저가 상당했으니까. 게다가 그간 칼럼 소도시의 군사력도 상당 부분 증가시켜놓기도 했고 말이다.

괜찮겠지.

느긋하게 걸음을 옮기고 있는데.

[인벤토리에 있는 마법 수정구가 빛을 발산합니다.]

마법 수정구?

급히 인벤토리에서 수정구를 꺼냈다.

-영주님!

라카크 총관이었다. 한눈에 봐도 다급한 표정이었다.

"무슨 일이에요?"

-모, 몬스터가 갑자기 쳐들어왔습니다!

"몇 마리나 되죠?"

-수천이 넘습니다!

순간 무혁의 표정이 굳었다.

"수천이요……?"

-예, 그것도 정확하게 파악되지 않아서 최소로 잡은 수치입니다!

미친……!

예상이 빗나갔다. 이벤트라 방심한 게 잘못이었다.

"금방 갑니다. 기다리세요."

통신구를 종료하니 성민우가 고개를 들이밀었다.

"수천이라고?"

"어, 설마 오늘 바로 쳐들어올 줄 몰랐는데……."

"숫자가 너무 많은데?"

"후, 그러게. 일단 서두르자고."

급히 성내를 벗어나 워프게이트를 사용했다.

"칼럼 소도시로."

이동하자마자 번잡함을 느꼈다.

"모, 몬스터래, 몬스터!"

거주하는 NPC들의 얼굴에 공포가 가득했다.

"어, 영주님!"

그들을 안심시킨 후 급히 상황을 파악했다.

몬스터가 나타난 곳은 서문. 가까이 가니 그곳을 빼곡하게 메운 병사들이 보였다.

"영주님!"

"여기 계셨군요."

"물론입니다. 지금 이방인들이 시간을 끌어준 덕분에 아직은 괜찮습니다만, 언제 서문이 무너질지 알 수가 없습니다. 지금도 계속해서……."

쿠웅, 쿵!

몬스터 일부가 서문을 두드리는 모양이었다.

"제가 처리하죠."

"예, 영주님."

이어 라카크의 옆에 있던 도란을 쳐다봤다.

"도란."

"예, 주군!"

"일단 병사들은 조금 뒤로 물리고 내가 신호를 주면 공격 명령 내려."

"알겠습니다!"

이후 성민우, 예린, 김지연과 함께 성벽을 올라갔다.

크워어어어!

몬스터는 생각보다 더 많았다.

수천이라. 아니, 적어도 1만 이상이었다. 다행이라면 중, 저 레벨의 몬스터가 높은 비율을 차지한다는 사실이었다.

"내려갈 수 있지?"

"물론."

"이 정도야, 뭐."

"나, 나두."

예린과 김지연.

아무리 전투 계열 직업이 아니라지만 레벨과 아이템이 있었다. 두 사람 모두에게 이 정도 높이는 문제가 되지 않았다.

"먼저 간다."

무혁이 아래로 뛰어내렸다.

일반 스켈레톤을 제물로 삼아 데스 스켈레톤 다수를 불러 냈다. 녀석들을 일렬로 세워 앞으로 밀어 보냈다.

멈추지 않는 전차 같았다.

무혁을 따라 뛰어내린 성민우가 정령을, 예린은 은빛의 늑대를 불러냈다. 정령과 늑대가 움직이더니 스켈레톤 뒤에 자리를 잡았다. 멈추지 않고 나아가는 불도저의 한 부분이 된 것이다.

꽈드득.

짓이겨지는 다양한 레벨의 몬스터들. 짓밟고 우그러뜨리던 와중에 제법 레벨이 있는 몬스터가 등장했다.

220레벨의 킹-카우, 소들의 왕.

숫자가 적을 땐 위협이 되지 않는 녀석이다. 다만 뭉칠수록, 킹-카우의 숫자가 많아질수록 녀석들은 강해진다. 동족 버프 스킬을 지닌 까닭이었다.

움머어어어어!

소 특유의 울음소리를 내뱉으며 손에 들린 창을 휘두르는 킹-카우들. 그러나 전방에 위치한 아머나이트의 방패에 허무하게 막혀 버렸다. 몇 번을 휘둘러도 마찬가지였다.

아머나이트는 요지부동. 그 순간 아머나이트의 뒤에서 튀어 나온 날카로운 것들이 킹-카우의 전신을 난자하기 시작했다.

-가속 찌르기!

아머기마병의 공격이었다.

밀려나고 비틀거리며 흔들리는 킹-카우들.

아머나이트는 그런 녀석들을 힘으로 밀어붙였다. 넘어진 놈들을 짓밟으며 나아갔다. 아머기마병은 지나가면서 연신 창으로 놈들을 내리찍었다. 그럼에도 불구하고 살아남은 녀석들은 후방에 위치한 기마궁수가 처리했다.

푹, 푸부북.

목숨이 질긴 것일까. 여전히 죽지 않은 킹-카우 몇 마리가 보인다.

"잡아!"

그런 녀석들은 정령과 은빛 늑대들이 처리했다.

킹-카우는 끝났고, 무혁은 다시 속도를 높였다.

파바밧.

아머메이지, 1차 마법 발사.

중, 저레벨의 몬스터를 압도하고 어느 정도 파고들었을 무렵, 아머메이지의 마법이 구름 한 점 없는 새파란 하늘을 별빛처럼 수놓았다. 시선을 앗아가는 각종 마법이 몬스터로 바글거리는 한가운데에 내리꽂혔다.

무섭도록 빠른 속도만큼이나 결과 역시 강력했다.

공간 자체가 사라졌다. 발을 디딜 수 있던 지면도, 그 위에 도사리던 괴물도 처음부터 존재하지 않았던 것처럼 깨끗해졌다.

"우, 우와……!"

얼떨결에 전투에 휘말린 유저, 혹은 기회를 엿보던 이.

모두가 그 모습에 눈을 크게 치켜떴다.

"무, 무혁 님이야!"

"역시……!"

"여기 칼럼 소도시라고!"

"오실 줄 알았어. 여기가 제대로 된 노다지구만!"

"다들 이벤트 제대로 즐겨보자고!"

순식간에 분위기가 반전되었다.

"워, 뭐야?"

"많기도 하네."

"나 참……."

도대체 어디에 숨어 있었던 것인지 생각보다 많은 유저가 전투에 가담하기 시작했다.

물론 무혁은 신경 쓰지 않았다.

그들이 있든 없든 해야 할 일은 한 가지뿐이었으니까.

멈추지 않는 질주.

오직 그것에만 집중했다.

키에에에엑!

그렇게 돌파하기를 몇 차례 드디어 고레벨의 몬스터가 등장했다.

250레벨의 뿔새 세 마리가 하늘을 부유하며 아래를 내려다보고 있었다. 지척에 도달한 스켈레톤을 바라보던 뿔새 한 마리가 눈을 빛내더니 수직 하강했다.

속도를 늦추지 않은 채 아머나이트에게 부딪혔다.

아머나이트1, 피해 흡수.

순간 넓은 범위로 보호막이 생겼다.

키기기긱.

보호막에 부딪친 뿔새가 움찔거리는 순간.

키아아아악!

부르탄이 기파를 날렸다.

그 틈에 앞으로 뛰어간 무혁이 놈의 등에 올라타 이미 뼈 화살과 유저들의 스킬에 적중당한 녀석을 유린했다.

푸욱, 푹.

날개를 사정없이 찢어발겼다.

250이라곤 하지만 아이템으로 인해 스탯이 무서울 정도로 상승한 무혁의 공격을 버틸 수준은 아니었다.

풍폭, 십자 베기.

한쪽 날개를 찢어버리니 뿔새가 흔들렸다. 균형을 잃은 것이다. 급히 남은 한쪽 날개로 이동해 납작 엎드렸다.

키아아아악!

이어지는 공격에 절규를 뿜어내며 하강하는 뿔새. 놈의 마지막을 처리하는 건 주변 유저들 혹은 스켈레톤의 몫으로 남겨두기로 했다.

파앗.

뛰어올라 다른 뿔새의 다리를 낚아챘다. 버둥거리는 녀석을 타고 오른다. 마찬가지로 날개를 부러뜨린 후 남은 한 마리의 뿔새에게로 이동했다.

풍폭, 백호검법……!

고레벨 몬스터 일부를 처리하고 지면에 안착했다.

아직도 많아.

몬스터를 꽤 처리했다고 생각했지만 잘 파악이 되지 않았다. 그 정도로 몬스터의 수가 많은 까닭이리라.

"후우."

한숨을 쉬며 아머메이지의 2차 마법을 지시했다.

비어버린 공간을 순식간에 메우는 몬스터들.

"이벤트치곤 과한데?"

"경험치가 장난 아니긴 한데. 그래도 이건 심하네, 좀."

성민우 역시 동의했다.

"자칫 늦게 왔으면……."

칼럼 소도시의 피해가 어마어마했으리라.

"어우, 소름 돋는다."

"유저라도 꽤 있어서 다행이지, 뭐."

아마 잘 막아낼 순 있을 것이다. 다만, 시간이 걸릴 뿐.

"다시 가자고."

"오케이."

이번에는 아머기마병을 밀어 넣었다.

엄청난 속도의 돌진.

아머기마병이 만들어낸 길로 데스 스켈레톤이 비집고 들어갔다.

-연속 찌르기!

공격을 성공시키기도 했고. 혹은.

콰아아앙!

자폭하기도 했다.

어떤 것이라도 상관은 없었다. 중요한 것은 하나. 몬스터의 수를 줄이고 있다는 점이었으니까.

몬스터 침공 이벤트는 마을, 도시, 왕국, 제국 등 곳곳에서 진행되고 있었다.

"시바아알, 장난하냐고!"

"이게 뭐야!"

"하, 돌겠네, 진짜!"

많은 이가 불평을 토로했다.

"너무 많잖아!"

"저기 뿔새는 어떻게 잡냐고!"

왕국이나 제국은 사실 문제가 없었다.

마을, 소도시. 이대로라면 그곳들이 문제가 되리라.

"아, 몰라. 포기다!"

유저들이 물러간 작은 마을. 몬스터들이 입구로 달려갔다.

"으, 으아아아악!"

입구 주변에 있던 NPC들이 놀라며 도망치는 그 순간.

터엉.

달려들던 몬스터가 무언가에 막히며 뒤로 튕겨졌다.

[마을 보호막이 가동됩니다.]

[이벤트가 진행되는 동안에는 몬스터의 침입을 허락하지 않습니다.]

마을 주변에 있던 유저들에게 떠오른 메시지.

"어……?"

"후, 다행이네. 놀래라!"

"야, 그럼 무리할 필요 없잖아."

"그렇지."

"마을 안에서 공격하는 건 되려나?"

"허, 꼼수 쩌는데?"

"해보자고, 일단."

안타깝게도 마을 내부에서의 공격은 통하지 않았다.

"쳇, 이럴 줄 알았지."

한결 여유는 생겼지만 여전히 몬스터 침공 이벤트는 유저들에게 버거웠다.

그즈음 일루전 홈페이지에 공지가 떴다.

[내용 : 이번 몬스터 침공 이벤트에 한 가지 혜택을 더 드리고자 합니다. 그것은 바로 이벤트 포인트입니다!

이벤트 몬스터를 사냥할 경우 이벤트 포인트를 획득할 수 있습니다. 해당 포인트 몰은 몬스터 침공 이벤트가 끝나는 날, 유저 전원에게 오픈됩니다. 이벤트 상점에는 여러분이 생각하는 것 이상의 물건들이 진열될 것입니다.

이번 몬스터 침공 이벤트, 많은 참여를 부탁드립니다.]

이벤트 참여 인원이 적다고 여긴 것일까, 보상이 하나 더 늘어났다. 그 소식이 유저들에게 알려지자 관심이 없던 이들도 흥미를 보이며 이벤트에 참여했다.

막대한 경험치와 이벤트 포인트를 얻기 위해서.

갑자기 포인트가 들어왔다.

[이벤트 포인트(6)를 획득합니다.]

[이벤트 포인트를⋯⋯.]

순간 행동을 멈춘 무혁. 고개를 돌리니 성민우와 예린, 김지연도 꽤나 어리둥절한 표정이었다.

"포인트 들어오지?"

"어, 뭐지, 이거?"

"이벤트 포인트? 이런 내용은 없었는데."

"잠깐만."

조금 뒤로 물러난 무혁이 홈페이지에 접속했다.

"아, 새롭게 공지 떴네."

"나도 봐야겠다."

"나도!"

다른 사람도 공지를 확인했다.

"오호, 괜찮은데."

"뭐, 손해 보는 건 아니니까."

"무조건 이득이지."

"흐음, 그럼 지금부터 제대로 사냥해 볼까나."

마인드가 바뀌었다. 보다 적극적으로.

달라진 무혁의 움직임에 죽어나가는 몬스터들의 숫자 역시 한층 더 많아졌다.

[이벤트 포인트(7)를 획득합니다.]

엄청난 속도로 쌓이는 포인트를 보니 부자가 되어가는 기분이었다.

"역시 이런 게 있어야 한다니까."

"고럼, 고럼!"

성민우도 웃으며 몬스터를 학살했다.

"이제야 재미가 있구만!"

그렇게 한참을 전투에 집중했다. 갈수록 몬스터는 줄었고 유저의 숫자는 늘어갔다.

"후우."

정신을 차린 무혁이 주변을 훑어보니 남은 녀석들은 중, 고레벨의 몬스터뿐이었고 그 숫자 역시 확연하게 줄어든 상태였다.

"거의 끝났네."

"어, 완전 제대로 놀았네. 몬스터는 약한데 숫자가 많으니까 학살하는 맛이 있구만."

"사이코패스냐."

"뭐래, 너도 미친 듯이 사냥하더만."

"크흠……."

무혁은 헛기침을 하며 검을 검집에 꽂아 넣었다.

스윽.

그리고 활과 화살을 꺼낸 후 목표물을 겨냥했다. 쏘아진 한 대의 화살이 총알처럼 날아가 한 마리 몬스터의 미간에 꽂혔다. 폭발이 터지고, 충격을 받은 녀석이 비틀거리는 사이 무혁이 날린 화살이 다시 한번 녀석에게 날아갔다.

풍폭, 파천신궁 제3초식 파천사.

압도적인 파괴력이 깃든 화살의 촉은 무참히 살점을 뜯어버렸다.

괴성과 함께 머리통이 폭발해 버린 몬스터.

"아, 부럽네……."

성민우의 말을 무시하며 다음 녀석을 겨냥하는 무혁.

파앙!

또 한 마리의 몬스터를 처리했다.

여유가 생긴 탓일까. 한 가지 고민거리가 생겼다.

움직여야 하나?

몬스터가 침공하는 동안 칼럼 소도시만 지키려던 게 본래의 계획이었다. 그런데 예상치 못한 이벤트가 발생하면서 결심이 흔들렸다.

포인트라. 그걸 획득하기 위해선 이벤트 몬스터가 등장하는 장소를 실시간으로 파악하여 그때마다 움직여야 했다. 이런 이벤트가 많지 않은 만큼 그 보상도 좋을 게 분명했다. 욕심이 나는 건 자연스러운 현상이었다.

다만, 한 가지.

만약 몬스터가 또다시 칼럼 소도시를 공격한다면?

그 부분이 걱정되어 쉽사리 결정할 수 없었다.

"어? 오빠."

"응?"

"나 홈페이지 보고 있었거든."

"응, 근데?"

"게시판에 글이 몇 개 올라와서."

"어떤 글?"

"이벤트 몬스터는 마을을 침범하지 못한다는데?"

"뭐? 진짜?"

"응, 이벤트 몬스터를 막는 실드가 펼쳐진대."

이건 확인이 필요한 부분이었다.

"보면 알겠지."

급히 몬스터 한 마리를 유인했다.

"잠깐 공격 멈춰주세요!"

주변 유저들의 공격을 막으면서 외쳤다.

다행히 공격이 줄어들었고 마을 입구로 유인하는 것에 성공했다.

진짜일까.

마을 내부에서 다가오는 몬스터를 지켜봤다.

터엉.

정말로 무언가에 막힌 듯 튕겨 나갔다.

[마을 보호막이 가동됩니다.]

[이벤트가 진행되는 동안에는 몬스터의 침입을 허락하지 않습니다.]

고민이 단번에 해결되는 순간이었다. 시간은 꽤 걸렸지만 결국 칼럼 소도시 앞에 나타난 몬스터를 모두 처리했다.

"포인트 얼마야? 이건 순위가 안 나와서."

성민우의 질문에 모두의 시선이 무혁에게로 집중되었다.

"꽤 모이긴 했네."

"그러니까 얼만데."

"나도 궁금해."

예린까지 가세했다.

"뭐, 대단한 것도 아닌데……."

"응, 그래서 몇 점인데?"

"12,000."

성민우, 예린, 김지연 셋 모두 순간 굳어버렸다.

"높네……."

"역시 우리 오빠."

"크흠, 몇 점이길래 그래?"

성민우가 먼저 답했다.

"3,700점."

"난 3,500점!"

"나, 나는 6,100점……."

성민우와 예린의 고개가 휙 하고 돌아갔다.

시선을 받는 김지연, 그녀의 동공이 조금 흔들린다.

"우리 지연이가 엄청 높네?"

"그러게?"

성민우와 예린의 따가운 시선에 김지연이 뒤로 주춤 물러났다.

"나, 나도 어떻게 된 건지 잘 몰라……."

그때 무혁이 중얼거렸다.

"나한테 버프랑 회복을 써줘서 그런가?"

"으응?"

"내가 몬스터를 죽여서 기여도가 인정된 걸 수도 있으니까."

"아하, 그건 말이 되네."

"뭐, 아무튼 쉬었다가 바로 다른 곳으로 가자고."

"오케이!"

포인트라는 목적이 생겼다.

"열과 성을 다해 움직이는 것이 도리지!"

오랜만에 흥이 돋았다.

최소한의 휴식 이후, 워프 게이트를 타고서 몬스터가 침공한 가장 가까운 마을로 향했다.

그리고.

폭발 소리가 들려오는 곳으로 달려갔다.

"오호……!"

여기도 몬스터가 상당히 많았다.

"완전 포인트 밭이구만!"

그곳으로 가장 먼저 몸을 던지는 성민우. 그 뒤를 따르는 무혁과 일행이었다.

⬤

전 세계가 축제를 즐겼다.

몬스터 침공.

TV를 틀면 어디에서건 그 이야기가 흘러나왔다.

-강민 MC도 참가해 봤나요?

-그럼요, 생각보다 약한 몬스터도 많아서 재밌더라고요.

-와, 그래요?

-네, 이렇게 말로만 할 게 아니라 직접 참가해 볼까요?

-좋아요!

무혁의 어머니와 누나 강지연은 과일을 먹으면서 TV를 시청했다.

-미리 알아본 바로는 부크 왕국에 몬스터가 많이 쳐들어왔
다고 하네요.
-최남단에 있는 곳이요?
-맞아요, 신기한 해양 몬스터도 많다고 하니까 가 보도록 하죠.
-네!

워프 게이트로 향하는 두 명의 MC를 확인한 강지연이 고개
를 돌렸다.
"참, 엄마."
"응?"
"요즘도 일루전 하지?"
"그럼, 너희 아빠랑 매일 하고 있어."
"재밌어, 아직도?"
"재밌고말고. 얼마나 볼 게 많은지, 할 것도 많고."
어머니가 흐뭇하게 웃었다.
"나이 들어서 호강하는 기분이야, 정말."
"다행이네."
잡담을 나누는 사이 어느새 두 명의 MC가 부크 왕국에 도
착했다.

-워프 게이트가 참 편하죠?

-헤헤.

그런데 생각보다 어수선했다.

-강민 씨? 사람들이 다급하게 움직이네요?
-몬스터 침공이니까요.
-그래도 마을은 보호되지 않나요?
-맞아요, 그래도 유저들이야 여유롭겠지만 NPC들은 아무래도 불안하겠죠.
-아아……!
-일단 이동해 보자고요.

그들은 바로 남문으로 내려갔다.

-우와, 유저가 엄청 많아요.
-중, 저레벨 유저도 많아 보이고요.
-네, 고레벨 유저도 보여요!
-크, 재밌겠는데요?

두 명의 MC는 기대되는 표정으로 걸음을 서둘렀다. 곧이어 남문을 나섰고 사방에서 들려오는 소리에 눈을 크게 떴다.

-우와……!

-엄청나네요, 진짜!

여성 MC가 환호를 질렀다.

-크흠, 진짜 대단하네요. 저희도 여기에 참가해야죠, 나연 씨.

-아, 참. 그래야죠.

-일단 저쪽에 있는 몬스터가 레벨이 낮아 보이네요. 저기로 가보죠.

-네!

두 명 모두 각자의 무기를 꺼냈다. 강민은 검과 방패를. 나연은 지팡이를. 그러곤 앞에 위치한 몬스터에게 다가갔다.

"어머, 어머······."

그 모습을 보던 무혁의 어머니가 몸을 들썩거렸다.

"왜 그래?"

"아니, 정말 저렇게 싸우는 거니? 그러니까······."

"몬스터를 죽이냐고?"

"으응."

"그럼, 게임이니 당연하잖아."

"그래도······ 징그럽잖아."

"좀 그렇긴 하지. 피를 흘리거나 죽을 때는 회색빛이랑 은빛으로 다 가려준다고는 하지만 손에서 느껴지는 감각은 좀······."

"어휴, 생각만 해도 싫어."

"엄마랑 아빠는 그냥 여행만 다녀."

"그래야겠네, 정말."

"참, 맛있는 것도 먹고 다니지?"

"음식? 그럼, 새롭고 맛있는 게 얼마나 많던지……!"

어머니는 정말로 행복한 표정이었다.

"너희 아빠는 언제 온다니. 어서 일루전에 같이 접속해야 하는데."

"진짜 푹 빠졌네."

그때 꽤나 커다란 함성이 들려왔다. 강민이었다.

-하아아아아압!

방패로 전방을 가린 채 돌진하고 있었다. 몬스터 오우거를 향해서.

근육질에 덩치가 있긴 하지만 오우거는 중, 저레벨의 몬스터였다. 강민 역시 그 사실을 알고 있었기에 표정에 여유가 있었다.

콰아앙!

곧이어 방패가 오우거에 부딪쳤다.

강민이 조금 유리한 상황.

오우거가 순간 균형을 잃은 덕분이었다. 기우뚱거리던 오우거는 끝내 버티지 못하고 한쪽 무릎을 굽혔다.

자존심이 상한 것일까. 괴성과 함께 주먹을 들어 올렸다.

이 정도야, 뭐.

강민은 자세를 낮추며 공격을 대비했다.

퍽, 퍼억.

방패 위로 주먹이 내리꽂혔다.

세 번, 네 번.

강민이 슬쩍 뒤를 확인했다. 또 다른 MC인 나연이 멍하니 있었다.

-나연 씨!

-네?

-이제 공격하세요!

-아, 네!

정신을 차린 그녀가 마법을 사용했다. 어수룩한 태도와는 달리 마법은 강력했다.

그녀의 마법이 정통으로 꽂힌 오우거가 얼어붙었다.

강민은 방패를 치우고 본격적으로 스킬을 쏟아부었다.

검격! 연속 베기!

오우거의 신체가 깨졌다. 얼어버린 부위들이었다.

곧이어 사라지는 녀석을 바라보며 강민이 웃었다.

-꺄아아아!

나연 역시 기뻐했고 말이다.

-후, 괜찮죠?

-네, 생각보다 잡기 쉬운데요?

-하하, 전부 나연 씨 덕분이죠.

-무슨 소리예요. 제가 한 게 뭐가 있다고…….

둘은 의미 없는 칭찬 릴레이를 주고받았다.

-참, 나연 씨. 보너스 포인트는 얼마나 받았어요?

-아, 저는 2점이요!

-오호, 제가 더 많군요.

-몇 점이에요?

-저는 4점입니다!

-두 배나 차이가 나네요…….

시무룩해진 나연. 강민은 서둘러 그녀를 다독이고는 다음 몬스터를 사냥하기로 했다.

몇 마리나 더 잡았을까.

-어, 어……?

갑자기 몬스터들이 폭주했다.

-뭐, 뭐예요, 강민 씨?

-일단 물러나요!

급히 움직였지만 위치가 좋지 않았다.

꼼짝없이 갇혀 버린 둘.

"죽겠네, 두 사람."

"어머? 죽으면 어떻게 되는 건데?"

"24시간 동안 접속을 못 해."

"24시간이나……?"

"응."

어머니의 눈이 커졌다.

"절대 죽으면 안 되겠구나."

두 MC는 죽음의 위기에 처해 있었다.

"어쩌면 좋니."

"알아서 하겠지, 뭘."

안타깝지만 뭔가를 할 수 있는 상황은 아니었다.

사방이 몬스터였다. 그것도 중, 고 레벨 몬스터까지 있는.

-아아……!

강민과 나연, 두 사람 모두 신음만 흘렸다.

-후, 일단 포기는 하지 말아야죠.

-마, 맞아요.

-하지만…… 아무래도 힘들 것 같으니 시청자 여러분께 먼저 인사드리겠습니다!

-여, 여러분! 저희의 마지막 모습까지 꼭 지켜봐 주세요!

-나연 씨, 뒤쪽으로만 공격해 주세요. 딱 한 마리만. 만약 놈을 쓰러뜨리면 그곳으로 도망쳐 봐요. 물론 그 뒤에도 몬스터가 많지만…… 계속 그렇게 뚫어보자고요.

당연히 가망은 없었다. 죽음은 100퍼센트 기정사실. 그러나 프로그램을 진행하는 MC로서 포기할 수도 없었다.

-네에! 아, 알겠어요!

-그럼 시작…….

그렇게 움직이려는 순간.

주변에서 강력한 폭발이 연이어 터졌다. 멈추지 않고 끝없이 쏟아진 무언가가 주변 몬스터를 헤집었다.

-어……?

거짓말처럼 공간이 생겨났다. 그것도 아주 거대한.

몬스터로 가득했던 장소가 거짓말처럼 횅해졌다.

-이, 일단 저기로……!

-아, 네!

다급히 빠져나온 강민과 나연. 둘은 주위를 둘러봤다.

-아……!

그제야 발견할 수 있었다. 마치 중무장이라도 한 것처럼 두꺼운 뼈가 전신을 이루고 있는 무수히도 많은 스켈레톤.

그리고 그 많은 녀석을 지휘하는 한 명의 유저를 말이다.

"엥? 뭐야, 저 녀석."

강지연이 퉁명스레 말했다.

"왜? 뭔데?"

"아, 엄마는 모르지? 저 스켈레톤 무혁이가 부리는 애들이야."

"정말이니?"

"응."

마침 무혁이 화면에 잡혔다.

"응? 혁이 맞아?"

"아아, 투구 써서 못 알아보긴 하겠네."

그러나 그가 무혁이 아니라고 할 사람은 단연코 없었다. 그만이 부릴 수 있는 데스 스켈레톤 수백 마리가 진을 치고 있었으니까.

"그래도 신기하긴 하다."

"그치?"

TV로 아들을 보니 감회가 새로웠다.

"일루전에서 그렇게 유명하다면서?"

"응, 완전 유명하지."

"멋있네, 우리 아들."

괜스레 미소가 지어지는 순간이었다.

⬤

한편 무혁이 나타난 것과 동시에 강민과 나연이 진행하는 프로그램의 PD가 자리에서 벌떡 몸을 일으켰다. 공짜로 무혁을 화면에 잡을 수 있는 기회였으니까.

"뭐 해! 당장 무혁 위주로 화면에 담으라고 해!"

"아, 네!"

이어지는 스켈레톤 대군의 장엄한 전투. 부서지고 우그러지면서도 앞에 위치한 아머나이트와 아머기마병은 물러섬이 없었다.

상처를 도외시한 진격. 무너진 자리를 채우는 동료들. 받쳐주는 기마궁수의 뼈 화살과 아머메이지의 마법, 폭발이 일어나는 곳으로 뛰어들어 자폭하는 데스 스켈레톤까지.

죽음을 피하지 않는 모습은 분명 유저에게선 쉽게 찾아볼 수 없는 장면이었다.

다른 유저의 소환수? 그들과는 비교할 수도 없었다. 일단 소환되는 수에서부터 많은 차이가 났다. 생김새 역시 역시 눈에 띄게 달랐다. 무혁의 스켈레톤은 마치 갑주를 걸친 느낌이었으니까.

그들을 바라보다가 다른 유저의 소환수를 보면 장난스러운 느낌까지 들 정도였다. 그 정도로 남다른 녀석들이었기에 존재감이 하늘을 뚫을 지경이었다.

"크으……!"

그저 바라보는 것만으로도 감탄이 나왔다.

"역시, 역시!"

이래서 다들 무혁을 찾는 모양이었다.

아머기마병의 송곳보다 날카로운 돌진, 기마궁수의 화려한 움직임과 정확한 뼈 화살 공격, 아머메이지의 파괴력. 그리고 아머나이트의 안정감과 데스 스켈레톤의 무모함이 절묘한 조화를 이룬다.

거기서 파생되는 시너지는 끝이 없었다.

한동안 이어지는 전투. 그 전장으로 무혁이 나아가기 시작했다. 스켈레톤에 무혁이 더해졌고 덕분에 한층 더 높은 퀄리티의 장면들이 쏟아지기 시작했다.

"대박이다, 대박이라고!"

전투 장면을 잘 나누기만 한다면 2회, 혹은 3회에 걸쳐 내보내도 될 정도였다. PD는 눈앞에서 펼쳐지는 화려한 전투를 보며 정말 오랜만에 걱정을 접고 촬영을 즐겼다.

"멋지구만, 정말……."

마치 어린아이가 되어버린 기분이었다.

⚫

어머니의 눈이 커졌다.

"어머, 어머."

그녀는 연신 놀라는 중이었다.

언제 이런 대장관을 봤으랴.

물론 정말 간간이 나오는 영화라든가, 랭커 유저들의 전투 혹은 대륙 전쟁 정도는 TV를 통해 보긴 했을 것이다. 그러나 그것보다 더 시선을 사로잡아 버리는 것이 무혁의 스켈레톤이었다.

단 한 명의 유저. 그가 이끄는 대군은 자체만으로도 멋들어졌으며 또한 무혁 본인의 화려한 움직임도 볼거리였으니까. 게다가 무혁은 그녀의 아들이었다.

"정말 무혁이니?"

"응, 맞아."

"어머나……!"

그래서 더 몰입하게 된 것이리라. 격하게 반응하는 그녀.

강지연은 그런 어머니를 보며 피식 웃었다.

"뭐, 잘 싸우긴 하네."

머지않아 전투가 막을 내렸다.

유저들의 승리, 아니, 무혁의 승리라고 할 수 있었다.

몬스터가 모두 사라졌으니까.

뒤이어 강민과 나연이 무혁에게 다가갔다.

-무, 무혁 유저님 맞으시죠?
-아, 네.

목소리를 듣고서야 어머니가 고개를 끄덕였다.
"맞네, 우리 아들."
뒤이어진 대화가 고막을 파고든다.

-후, 위험했는데 정말 고맙습니다.
-뭘요.
-와, 저 무혁 님 팬이에요!
-아, 고맙습니다.
-사인 좀 부탁드려도 될까요?
-네? 여기서 어떻게……?
-아, 음. 나중에 밖에서라도…….
-기회가 된다면요.

예의상 하는 말임에도 MC인 나연이 해맑게 웃었다. 그 모습을 보던 예린이 무혁의 옆에 바짝 붙더니 팔짱을 꼈다.

-이제 가자, 오빠.
-아, 그래야지.

뒤이어 사라지는 모습.

"크흐흐."

한 편의 시트콤을 본 기분에 강지연이 웃었고 어머니 역시 흐뭇한 표정을 감추지 못했다.

한동안 그렇게 웃던 두 사람.

"과일 잘 먹었어."

"어, 그래."

이제 슬슬 정리를 하려고 움직였다. 과일 그릇을 들며 자리에서 일어난 어머니가 낮게 중얼거렸다.

"몬스터 사냥도 재밌겠네, 생각보다."

"에……?"

그에 강지연의 눈이 커졌으나 어머니는 모르는 척 주방으로 향했다.

⬤

예린이 힐끔 뒤를 쳐다봤다. 나연이라는 여자가 보였다.

"흥, 어디서 우리 오빠를 노려."

"음? 무슨 소리야."

"아니야, 그런 게 있어."

잠깐 고개를 갸웃거리는 무혁.

뭐, 상관없으려나.

이내 관심을 접고서 다음 목적지로 향했다.

"이번엔 어디였지?"

"동쪽."

"또 해양 몬스터인가?"

"아마도."

이번 목적지는 최동단에 위치한 아오르 왕국이었다.

워프게이트를 타고서 도착한 아오르 왕국의 동문.

이미 무수한 유저가 모여 있었다.

그곳을 비집고 들어가자 사방에서 무혁을 알아봤다.

"오, 무혁 님이잖아?"

"어? 진짜?"

"벌써 여기까지 온 건가?"

"야, 서둘러야겠다."

"뭐를?"

"무혁 님 오셨으니까 여기 몬스터도 다 쓸어버릴 거 아냐."

"아……!"

"빨리 움직이자고!"

유저들의 행동이 갑자기 다급해졌다.

"크, 역시 랭킹 2위의 위엄이구만."

"헛소리한다, 또."

"이게 네 영향력이라고. 다른 마을가도 비슷할걸?"

"됐고, 몬스터나 잡자고."

"자식이, 부끄러워하긴."

실없는 소리를 집어넣고 전투를 준비했다.

"어우, 해양 몬스터는 역시……."

"좀 징그럽긴 하지."

무혁도 억지로 웃으며 스켈레톤을 불렀다.

아머기마병, 돌진.

전방에 위치한 꽃게형 몬스터를 짓밟으며 적진으로 들어갔다. 그러나 얼마 가지 못하고 삼지창을 든 어인족에게 가로막혔다. 머리와 몸은 생선이었고 손과 발이 인간의 형상으로 이루어진 특이한 개체였다.

어인족은 무혁 일행과 부딪치자 아가미에서 뿜어지는 노란 기운이 한층 더 강해졌고 덩달아 삼지창에서 뿜어지는 기운 역시 증가했다.

그 탓일까. 뒤이어 달려든 아머기마병의 돌진으로도 녀석들을 뚫지 못했다.

텅, 터엉!

수십의 아머기마병 모두가 막힌 것이다.

"뭐야, 저것들은?"

"글쎄다."

무혁의 눈이 가늘어졌다.

어인족이라…….

녀석들에 대해 궁금해졌다.

직접 경험해 보면 알겠지.

먼저 화살을 한 대 날려봤다.

파앙!

곡선을 그리며 뻗어간 촉이 어인족의 삼지창에 막혔다.

이건?

다시 한 대의 화살을 날렸다. 방금 전과는 달리 강한 힘이
실린 상태였다. 비슷한 궤적을 그린 화살은 예의 삼지창으로
또 한 번 날아들었다. 이전의 화살이 힘없이 튕겨졌다면 이번
화살은 삼지창을 가볍게 밀어내며 어인족의 가슴에 박혔다.

콰아아앙!

거대한 폭발에 이어지는 메시지.

[8,450의 대미지를 입힙니다.]

[속성 타격(3,380)이 발동합니다.]

[15,210의 추가 대미지를 입힙니다.]

[속성 타격(6,084)이 발동합니다.]

크리티컬은 터지지 않았다. 그럼에도 불구하고 대미지는 족
히 3만을 넘어갔다.

"호오?"

문제는 어인족이 죽지 않았다는 것.

한 방은 아니라는 건가.

웃으며 화살을 연이어서 날려 보냈다.

팡, 파바바바방!

눈에 보이지 않을 정도로 빠른 연사.

아마도 대응이 쉽지 않으리라.

무혁의 예상대로 초반 몇 대는 삼지창으로 막아냈으나 이후로는 속수무책으로 공격을 당했다. 스킬이 아니라곤 하지만 풍폭이 걸린 탓에 대미지 역시 무시할 수 없는 수준이었다. 결국 열 번째 화살이 꽂히는 순간 녀석은 회색빛으로 물들었다.

[이벤트 포인트(9)를 획득합니다.]

포인트가 생각보다 높았다.

9점이면 괜찮네.

웃으며 다른 어인족을 겨냥했다.

"혼자 먹냐?"

"너도 잡아, 그럼."

"잡는다, 잡아!"

옆에 있던 성민우가 정령을 보냈고, 뒤이어 예린이 은빛 늑대를 보냈다. 정령과 은빛 늑대가 어인족과 뒤엉켰다.

그 사이로 쏟아지는 메이지의 마법과 기마궁수의 뼈 화살, 그리고 무혁의 공격이 놈들의 삼지창을 두드렸다.

무너지지 않을 것만 같았던 어인족 무리에 균열이 갔다. 충격이 가해질수록 균열은 넓어져 갔다. 그러다 더 이상 버티지 못하게 되었을 때.

폭발과 함께 어인족 무리가 녹아버렸다.

[보너스 포인트…….]

"허업! 대에에에박!"

"우와, 오빠. 포인트 엄청 얻었어!"

"나, 나두!"

무혁 역시 그들과 다르지 않았다. 버틸 때도 같이 버티더니
죽을 때도 거의 동시에 죽어버린 어인족 무리 덕분이었다.

"뚫자고!"

"오케이!"

무혁 일행은 다시 한번 시원하게 몬스터를 꿰뚫었다. 각종
해양 몬스터가 터져 나가며 회색빛으로 사라져 갔다. 한참 동
안 해양 몬스터 무리를 뚫어내던 스켈레톤이 다시 한번 멈칫
거렸다.

이번에는 거대한 등껍질을 지닌 기이한 녀석이 길을 막아서
고 있었다.

"저건 또 얼마나 버티려나?"

"신나게 두들기자고!"

그 순간 등껍질에서 거대한 입이 튀어나와 아머나이트를 씹
어버렸다.

보통의 스켈레톤이었다면 단번에 부서졌을 것이다. 하지만
아머나이트의 능력치는 보통의 스켈레톤과 달랐다. 아머나이
트는 거대한 입에 물린 상태에서도 아무렇지도 않게 물리지
않은 손을 휘둘렀다.

퍽, 퍼억.

거대한 입이 괴성을 내질렀다.

멈추지 않는 폭력. 이어지는 사방에서의 도움.

키에에에엑!

결국 녀석도 얼마 버티지 못하고 죽어버렸다.

"어이없는 몬스터일세."

몬스터를 해치우는 그들의 기세는 하늘 높은 줄 모른 채 솟구쳤다.

그 영향이 사방으로 퍼졌고.

"내가 먼저야!"

"내 포인트라고, 이 새끼야!"

"죽인다!"

"다들 꺼져!"

끝내 다른 유저들을 흥분의 도가니로 밀어 넣었다.

광기로 얼룩진 사냥이 이어졌다.

다시 한번 떠오른 공지사항.

[제목 : 공지 - 최강자전 보상 아이템을 공개합니다.]

제목만으로도 큰 이슈가 되었다.

"한번 보고 올게."

"오케이, 나도."

무혁과 일행 역시 관심을 드러내며 홈페이지에 접속했다.

[내용 : 약속대로 오늘, 드디어 최강자전 보상 아이템을 공개합니다. 오래 기다리셨을 것으로 예상됩니다. 그 기대에 부응하기 위해 최선을 다해 고른 아이템 품목입니다.]

그 아래로 스크린샷이 나열되었다. 아이템들의 능력치가 한눈에 들어왔다.

최고 옵션의 무기. 최고 옵션의 방패. 갑옷, 신발. 그리고 액세서리들까지⋯⋯. 여기까진 무난하다고 볼 수 있었다.

다음부터가 진짜였다.

[소켓 망치(3회)]

각 대륙 10위 이내 유저들 보상.

아이템에 소켓(1~3개)을 뚫을 수 있다. 3회 사용할 경우 사라진다.

[소켓 망치(5회)]

-각 대륙 3위 이내 유저들 보상.

아이템에 소켓(1~4개)을 뚫을 수 있다. 5회 사용할 경우 사라진다.

[소켓 망치(10회)]

-전 대륙 10위 이내 유저들 보상.

아이템에 소켓(2~6개)을 뚫을 수 있다. 10회 사용할 경우 사라진다.

소켓을 뚫을 수 있는 망치가 등장했다. 최초의 아이템이었고 무혁 역시 들어보지도 못한 종류였다.

이런 게 있었어……?

무혁이 알고 있던 일루전의 시기는 이미 지나온 상태. 에피소드를 너무 앞당긴 스스로의 탓이었기에 어디 하소연할 곳도 없었다. 당연히 전쟁이 끝난 이후에 벌어질 일들은 무혁도 알지 못하는 상황이었다. 그러니 소켓 망치도 모를 수밖에 없었고.

웃음이 새어 나왔다.

그래, 이거지.

이제야 정말 제대로 된 게임을 하는 기분이었다.

아무것도 모른다는 것. 정보가 없다는 것. 그래서 무엇이 나올지 기대할 수 있는 지금이 좋았다.

다음은 뭐가 있으려나.

[루비(하)]
소켓에 박을 수 있는 보석으로 힘(5)을 올려준다.

보석 종류가 주르륵 나열되었다.

"오호라."

루비는 힘, 토파즈는 체력, 사파이어는 민첩, 에메랄드는 지식, 오팔은 지혜.

상급은 무려 스탯을 15나 올려줬다. 최상급은 20을 올려줬고. 부위마다 2개 이상의 소켓을 뚫어 전부 보석을 박아버린다면?

장난이 아니네, 이것도.

그러다 한 가지 의문이 들었다.

받지 못하는 유저들은?

반발이 엄청날 게 분명했다. 받은 자와 받지 못한 자, 그들의 격차가 심각하게 벌어질 테니까.

잠시 생각에 잠겼던 무혁의 입가가 씰룩거렸다.

새로운 무언가가 열리는 건가?

소켓을 뚫을 수 있는 어떤 것, 보석을 획득할 경로. 그러한 것들이 최강자전이 끝난 이후에 바로 등장할지도 모른다고 판단했다. 다음 에피소드와 연관이 있을 가능성도 있었고 말이다.

"미친……!"

그때 옆에서 성민우의 욕이 들려왔다.

"허얼, 돌았네. 이게 뭐냐고!"

아마도 보상을 보고 정신이 조금 나간 모양이었다.

"우와……"

"헤에……!"

예린과 김지연도 크게 다르진 않았다.

그들을 보며 피식 웃는 무혁.

아무튼 재밌겠는데?

기왕이면 가장 좋은 걸 얻고 싶었다. 작은 차이로 앞서 나가는 한 걸음이 훗날 결코 따라잡을 수 없는 거리를 만들 테니까. 거기서 파생된 기대감이 무혁을 즐겁게 만들었다.

보상 하나로 인해 마음이 이렇게도 달라질 줄이야.

"흐음."

최강자전이 꽤나 기다려졌다.

공지사항의 내용은 순식간에 세계를 뒤흔들었다.

[새롭게 등장하는 아이템?]
[소켓 망치란 무엇인가!]
[일루전, 보석 하나에 스탯을 20개나 증가시키다!]
[최강자전 보상 등장!]
[일루전, 우승해야만 하는 이유.]
[포르마 대륙의 대표는 누가 될 것인가?]
[일본과 중국인은 아니어야……!]

자극적인 제목의 인터넷 기사가 무수히 올라왔다. 대부분이 비슷한 내용이었다.

대단하다, 놀랍다, 유저들의 기대가 크다, 이번 최강자전은 전보다 훨씬 더 재미있을 거다.

　그러나 댓글의 반응은 달랐다.

└아니, 그래서 보상이 보석이라고?

└소켓 망치랑 보석이죠.

└그럼 소켓 망치 써서 소켓 3개 뜨면?

└거기에 보석 3개 박는 거죠.

└스탯 60개……?

└ㅇㅇ.

└아이템 부위마다 다 박으면?

└계산해 보세요……^^.

└장난하나, 이것들이? 그럼 보상 못 받는 유저들은 어쩌라고?

└돌았네, 빈부 격차 쩌네.

└일루전 지금 망길 접어드나요?

└이만한 게임이 또 나올까요? 그거 믿고 막장으로 가는 듯.

그러자 유저들의 반응을 읽은 듯한 뉴스들이 쏟아져 나왔다.

[일루전, 이대로 괜찮은가?]

[유저들의 격차는?]

[소켓 망치와 보석, 그걸 얻지 못한 이들은 어찌 되는가.]

└시발, 게임 하기 싫어지네.

└그냥 최강자전 참여해서 우승하세요.

└그게 쉽냐고!

└어려우니까 보상이 좋겠죠.

└하, 어이없네.

생각보다 더 큰 이슈로 번진 공지사항.

세상이 떠들썩해졌다.

└너무 흥분하지 마세요. 최상위 랭커들의 강함은 이미 따라잡을 수

없죠.

└그렇긴 하죠.

└그러니까 보석을 착용해서 벌어질 격차 역시 크지 않을 거라는 소

리예요.

└어우, 개가 짖네요. 월월.

└제가 저 보석 착용하면 최상위 랭커 가능할 듯…….

└저도 제가 최상위 랭커랑 크게 차이 안 난다고 생각함. 근데 저 보

석을 그들이 끼면 절대 못 이길 거 같네요. 이건 문제가 심하죠.

한번 뜨거워진 이슈는 쉽게 가라앉지 않고 이틀째 이어지

는 중이었다.

[일루전, 입장을 발표해야……!]

[언제까지 침묵할 것인가.]

더 이상 버틸 수 없었는지 결국 그날 저녁 일루전은 또 한 번 공지사항을 올렸다.

[제목 : 소켓 망치와 보석에 대하여.]

[내용 : 안녕하십니까, 일루전을 사랑해 주시는 유저 여러분. 소켓 망치와 보석에 관한 공지를 알려드리겠습니다.

저희 일루전 측은 일전의 공지사항으로 인해 유저 여러분께서 혼란을 겪고 계신 것을 인지하고 그에 관해 또 한 번의 회의를 거쳤습니다.

결론부터 말씀드리자면, 소켓 망치와 보석은 이번 보상에만 지급되는 것이 절대 아닙니다. 그저 앞으로 나올 아이템을 이벤트성으로 전해 드리고자 한 것뿐입니다.

즉, 이번 이벤트에서 보상을 획득하지 못하더라도 뒤이어 나올 에피소드를 통해 소켓 망치와 보석을 얻을 수 있습니다.

사실 이 내용을 알리는 것은 아주 힘든 결정이었습니다. 다음 에피소드에 대해 알 수 있는 정보는 저희 역시 극히 적기 때문입니다. 그중 일부를 공개한다는 것은 쉽지 않은 결정이었습니다.

그러나 유저 여러분께서 겪고 계신 혼란을 수습하기 위해서는 사실을 밝히는 것이 최선책이라 판단하였습니다. 저희의 입장을 늦게 발표하게 된 점 진심으로 사과드립니다.

일루전을 믿고 사랑해 주시는 유저 여러분. 앞으로도 최선을 다하는 일루전 운영진이 되겠습니다.]

공지사항 아래로 댓글이 이어졌다.

수십, 수백, 수천. 댓글이 엄청난 속도로 쌓여갔다.

└내가 이럴 줄 알았지. 어휴, 설레발 치는 새끼들.

└이거 봐라, 내가 문제없다고 했잖아!

└쯧쯧, 일루전이 어떤 게임인데 쓸데없는 걱정이나 하고 유언비어나 퍼뜨리고.

└오오! 믿었습니다, 일루전이시여! 다음 에피소드에서 나오게 될 아이템이라니. 미친! 겁나 기대된다! 최강자전 어서 끝나라!

└가즈아아아!

└에레이, 괜한 걱정이었네

└아무튼 다행이다! 최고다, 일루전!

└영원해라ㅋㅋㅋㅋ

분위기가 반전되었다. 걱정에서 기대와 희망으로.

제5장
최강자전

　몬스터 침공 이벤트가 하루 남은 시점, 휴식을 취하며 점수를 확인했다.

　82,399점.

　고개를 돌려 성민우를 쳐다봤다.

　"넌 몇 점이나 모았다고 했지?"

　"어? 난 2만 9천."

　"으흠."

　생각보다 차이가 컸다.

　예린이 3만이었나. 김지연이 4만 5천 포인트로 생각보다 상당히 높았다.

　"뭐, 이 정도면 그래도 높은 편일 테니까."

　"당연하지."

　이벤트 포인트 상점. 거기에 과연 어떤 아이템이 있을까.

"하루만 더 고생하자고."

"오케이."

다시 힘을 내어 사냥에 나섰다.

그날을 꼬박 보내고 다음 날 오후, 끝내 무혁이 포인트 10만 점을 채웠을 무렵.

지이잉.

인벤토리가 강하게 울렸다.

통신구인가?

꺼내보니 라카크의 다급한 표정이 보였다.

-여, 영주님!

"왜 그래요?"

-모, 몬스터도 또, 또 쳐들어왔습니다!

"네? 또요?"

-예, 그, 그런데 하필이면 증축을 위해 주민들이 밖으로 나가 있던 상황이라……!

순간 머리를 세게 얻어맞은 기분이었다.

"어, 어디를요?"

-북쪽 지대 증축을 위해서 나갔는데, 거기서 몬스터가 침공한 탓에……! 다행히 도란 경과 실력 있는 병사들을 붙여놓긴 했지만 언제까지 버틸 수 있을지 모르겠습니다.

"지금 갈게요!"

하필 지금, 이 시점에서!

남은 시간은 대략 3시간. 너무 길었다.

도란이라면 믿을 수 있겠지만 그래도 그 긴 시간을 몬스터에게 둘러싸인 채로 버텨내긴 힘들 것이다.

"무슨 일이야?"

"일단 가자! 움직이면서 설명할게!"

"어어, 그래."

군마를 타고 급히 왕국으로 향했다. 그러나 문제는 거리였다. 상당히 멀리까지 나온 탓에 시간이 꽤 소모될 게 분명했다.

30분 이상…… 눈앞이 아찔해졌다.

생각보다 힘든 여정이었다.

"후, 저기인가?"

"예, 문주님."

저 멀리 작은 소도시가 보였다.

백호세가의 문주, 백호운.

그가 선두에 위치하여 세가원을 이끌었다.

"고생 많았다, 다들."

"괜찮습니다."

도착하진 않았지만 벌써 마음이 조금 풀어졌다. 카이온 대륙에서 포르마 대륙으로 넘어오는 길은 그 정도로 고달팠다. 잠을 잘 때의 불편함은 물론이고 쉴 새 없이 몬스터를 잡아야 하는 것도, 게다가 밥을 먹는 것마저도. 모든 것이 부족했고 또 버거웠다.

고달픈 여정이 끝을 보이긴 했지만 걱정거리가 완전히 사라진 것은 아니었다.

우리를 받아줄 것인가. 가장 중요한 문제였다.

백호운은 이내 상념을 털어냈다. 받아주지 않는다면 어쩔 수 없는 일.

그럼 세가원과 함께 다른 길을 모색하면 될 테니까.

어떻게든, 살아갈 순 있으리라.

그때 호법이 미간을 살짝 찌푸렸다.

"문주님."

"으음."

보이지 않지만 싸우는 소리가 분명하게 느껴졌다.

"일단 가보도록 하자."

"예, 다들 속도를 높여라! 앞에 전투가 벌어지고 있으니!"

모두 지면을 강하게 찼다.

파바밧.

머지않아 무수한 작은 점들이 보였다. 거리가 좁혀지면서 몬스터의 괴성과 사람들의 절규가 뒤섞인 채 들려왔다.

"더 빨리!"

명확한 형체가 드러나고.

파앗!

순식간에 몬스터와 거리를 좁힌 백호세가.

서격, 콰직. 콰드득!

그들이 몬스터를 사냥하기 시작했다.

"호법과 장로들은 안에 갇힌 이들을 구하라!"

"예!"

"나머지는 퍼져서 포위망을 형성하도록!"

"알겠습니다, 문주님!"

사방으로 퍼진 세가원이 몬스터를 포위하고, 호법과 장로는 몬스터로 굳건한 벽을 뚫고 들어가 중앙에 갇힌 이들을 보호했다. 그야말로 순식간에 벌어진 일이었다.

"다, 당신들은……?"

"일단 상황이 급하니 대화는 나중에 하도록 하지."

"아, 네. 알겠습니다."

중앙에서 힘겹게 버티던 도란이 고개를 끄덕였다.

"후우, 진열을 정비하라!"

"예!"

"주민들의 안전이 우선이다! 마음을 놓지 마라!"

지시를 내린 도란이 주변을 훑었다.

낯선 자들. 그들의 힘은 상상을 초월했다.

콰아앙! 꽈드득.

다가오는 몬스터의 숫자가 많았음에도 엄청난 속도로 움직이며 넓은 범위를 완벽하게 보호했다. 게다가 그 밖에 위치하여 몬스터를 크게 포위하고 있는 이들도 만만치 않았다.

가장 약해 보이는 이가 도란, 그와 비슷한 수준이었으니까.

"허어……."

감탄으로 시작한 탄성은 놀라움으로 이어졌다. 놀라움은 감당할 수 없는 버거움으로 다가왔다. 인지할 수 있는 범위를 넘어선 까닭이었다.

어느새 몬스터가……? 전부 죽어버렸다.

압도적 학살. 다른 단어로는 결코 표현할 길이 없었다.

무혁의 말을 들은 세 사람 전부 경악한 표정을 지었다.

"미친, 그럼 겁나 위험하잖아!"

"서둘러야지!"

겨우 왕국에 도착했으나 워프게이트를 이용하려는 유저가 너무 많았다. 평소라면 절대 그러지 않았겠지만 지금은 너무 다급했기에 옆쪽 공간을 비집고 들어가 워프게이트를 운행하는 자에게 패를 내밀었다.

헤밀 제국, 아뮤르 공작의 명패.

"급한 일이니, 바로 사용합시다."

"아, 어디로 가시는지……."

"칼럼 영지."

"죄송합니다. 헤밀 제국까지만 연결되어 있습니다."

순간 멍해졌다.

"그럼 일단 헤밀 제국으로!"

"예, 여기로……."

워프게이트에 올라탄 후 웅성거리는 뒤쪽 유저를 쳐다봤다.

"죄송합니다, 너무 급한 일이라."

사과의 말을 남기고 게이트를 작동시켰다.

후우웅.

급히 반대편으로 이동했다.

젠장……!

이곳에도 줄이 길었다.

어쩔 수 없지.

다시 명패의 힘을 사용하면 될 것이다. 줄을 헤집고 들어가 니 유저들의 수군거림이 들려왔지만 애써 무시했다. 그렇게 워 프게이트와 가까워지는 상태에서 다시 한번 통신구가 울렸다.

지이이잉.

-영주님!

"지금 가고 있어요! 조금만 더……!"

-아니, 아닙니다!

"네? 설마 벌써……! 아, 안 됩니다! 조금만 더 버텨요!"

-아니, 그게 아닙니다. 영주님!

"그럼요!"

-이제 괜찮습니다!

순간 무혁이 자리에 멈췄다.

"뭐라고요?"

-어떤 분들께서 칼럼 소도시로 오시는 길에 도란 경과 병사 들, 그리고 주민까지 모두 구해주셨습니다.

"그게 진짜예요?"

-예, 급하게 움직이고 계실 듯하여 연락을 드린 겁니다.

"아아······!"

다행이었다, 정말로.

-그런데······.

"후우, 네. 말하세요."

-그분들께서 영주님을 꼭 뵈어야 한다고 하십니다.

"저를요?"

-예.

"알겠어요, 일단 도착해서 이야기하죠.

-그럼 그분들께는 기다려 달라고 말씀 전하겠습니다.

"그렇게 해주세요."

통신을 종료한 후 안도의 한숨을 내쉬었다.

"오빠, 다들 무사하대?"

"그런 모양이야."

"와, 다행이다, 진짜."

"다, 다행이에요."

그제야 미소를 짓는 무혁.

"근데 누구지? 유저들인가?"

"글쎄, 가보면 알겠지."

"명패 쓸 거야?"

"기왕 여기까지 왔으니······."

이미 무혁은 순서를 무시한 채 유저들을 뚫고 들어온 상황이었다. 여기서 다시 뒤로 물러나는 것도 좀 이상했다.

"써야지, 뭐."

"흐흐, 오케이."

명패의 힘을 빌려 워프게이트를 이용했다.

"죄송합니다……."

기다리는 유저들에게 또 한 번 사과를 하면서 말이다.

칼럼 소도시에 도착한 무혁은 도란과 병사들, 그리고 주민의 안전을 최우선적으로 확인했다.

"저흰 괜찮습니다, 주군."

"주민들도 전부 무사한 거지?"

"예, 병사 일부가 중상을 입긴 했지만 목숨에는 문제가 없습니다."

"다행이야, 정말."

무혁이 도란의 어깨를 두드렸다.

"고생했다."

"아닙니다, 주군!"

"일단 쉬어."

"예!"

이제 기다리고 있다는 자들을 만날 차례였다.

"총관, 그분들은요?"

"제가 저택에서 잠깐 기다리시라고 했습니다."

"잘했어요, 가보죠."

"예, 영주님."

"갔다 올게, 쉬고 있어."

"오케이."

"식당에 있을게. 다 처리하구 와."

"그래."

식당으로 향하는 셋을 지켜본 후 라카크와 함께 저택으로 향했다. 내부로 들어서자마자 무혁의 눈이 커졌다.

"어……?"

"오랜만입니다."

"예? 아니, 왜 존대를……."

"이곳의 영주에게 말을 놓을 순 없지요."

반박할 수 없었다. 라카크도 옆에 있었으니까.

"음, 아무튼 정말 감사합니다. 병사와 주민들을 구해주셨다고 들었습니다."

"허허, 그 정도야 뭘. 오히려 우리가 더 감사해야 하는 입장인 것을."

순간 무슨 소리인지 이해하지 못했다.

아……!

그러다 대륙 전쟁이 떠올랐다.

"영주께서 우리를 구해줬다고 들었습니다."

"아아, 네. 어쩌다 보니……."

"은혜를 갚기 위해 왔습니다."

"이미 갚으셨는걸요."

"그것만으로는 부족하지요."

무슨 말이 하고 싶은 걸까.

그 순간. 백호세가의 문주, 백호운이 고개를 숙였다.

어, 어어……?

절대 그래선 안 될 사람이 무혁에게 고개를 숙이고 있는 것이다.

"이제 갈 곳도 없습니다. 저희를 받아주십시오."

"받아주십시오!"

순간 정신이 멍해졌다.

이거, 진짜인가? 거절할 이유가 있나?

아무리 생각해 봐도 그런 건 없었다.

"저야……."

모두의 시선이 그에게 집중되었다.

"좋습니다."

그 말에 백호운이 미소를 지었다.

"영주님이 아니었다면 저희는 모두 죽었을 겁니다."

"그건……."

"그러니 부담 갖지 않아도 됩니다."

이렇게까지 해온다면 사양하는 것도 예의가 아니리라.

결론은 하나. 무혁이 백호세가를 이끌어야 한다는 것.

"후, 알겠습니다."

기왕 이렇게 된 이상, 이들을 제대로 끌어야 할 터.

"그럼 일단 인원을 나누도록 하죠."

"어떻게 말입니까?"

"교관, 경계, 각종 임무 수행, 수련의 영역으로 나누면 될 것 같습니다. 그리고 일정한 시일을 정해서 해당 인원을 교대로 넘기는 겁니다. 교관을 맡았던 이는 경계를 맡고, 다시 시일이 지나면 각종 임무를 수행하는 거죠. 임무가 완료되면 휴식을 하며 수련을 하는 겁니다."

"호오."

"교관을 맡은 인원은 병사 양성소와 아카데미를 맡을……."

무혁의 말을 들은 백호운이 몇 가지를 지적했다.

"그 부분은 이렇게 하면 더 좋을 것 같습니다."

"아, 그렇겠네요. 고마워요."

"별말씀을."

무혁은 대화를 하면서 현실감을 찾았다.

정말 내가 이끌게 되었구나. 일반 NPC도 아니고, 그 실력의 끝을 알 수 없는 백호세가의 가주를 말이다.

엄청난 전력이야. 이 정도 군사력이라면 칼럼 소도시의 성장 속도 또한 급증하리라.

"일단은 이 정도면 되겠네요."

"그럼 그렇게 진행하겠습니다."

"네, 잘 부탁드릴게요."

"저야말로 잘 부탁드립니다, 영주님."

백호운이 자리를 떠나고.

기다리고 있을 동료를 만나기 위해 몸을 일으키는 순간.

[몬스터 침공 이벤트가 종료됩니다.]
[이벤트 포인트 상점이 오픈됩니다.]
[48시간 후에 자동으로 사라집니다.]

1주일간의 지루했던 사냥 이제 보상을 획득할 차례였다.
일단은 급히 식당으로 향했다.

"이, 여기!"

"다들 메시지 떴지?"

"당연하지. 안 그래도 보고 있었어."

"그래? 일단 나도 뭐가 있는지 좀 봐야겠네."

"오케이, 좋은 거 잘 사고."

"너도, 예린이랑 지연이도 생각 잘 하고 사."

"웅, 그럴게!"

자리에 앉은 무혁이 상점을 오픈했다.

[이벤트 포인트 상점]

1. 무기

2. 방어구

3. 장신구

4. 특수 재료

가장 먼저 네 가지의 메뉴가 보였다.

무기는 처음엔 그냥 그런 무기들의 나열이었다. 그러나 아래로 내려갈수록 보너스 포인트의 소모량이 커지는 것과 비례하여 능력치가 좋아졌다.

"흐음."

하지만 무혁이 욕심을 낼 수준의 것은 없었다.

방어구나 장신구도 마찬가지. 물론 이 정도라면 상위권 랭커들은 침을 삼킬 만도 했지만 말이다.

특수 재료라.

마지막으로 재료를 확인했다. 앞선 메뉴와 마찬가지로 평범한 재료로 시작했다. 하지만 스크롤이 아래로 내려가면서 무혁의 눈이 반짝이기 시작했다.

호오, 이것까지?

관심이 가는 재료가 몇 개 있었다. 그러다 순간 멈칫.

"어……?"

설마 이게 여기에 있을 줄이야.

[드레이크의 사체]

드래곤의 하위 개체.

드레이크 중에서는 최고 등급에 해당하는 사체다.

[필요 이벤트 포인트 : 10만]

필요 포인트의 수치가 가장 높은 물품이었다.

성민우도 확인한 모양이었다.

"미친, 뭐냐. 이거? 10만?"

"어."

"근데 너 사체 구하지 않았던가?"

"구하고 있지."

"살 수는 있고?"

"어, 아슬아슬하게."

"살 거야?"

고민이 조금 되기는 했다.

"다른 것도 좋은 거 많던데. 어쩔 거야?"

그게 문제였다. 사체를 포기하면 정말 괜찮은 아이템이나 특수 재료를 5개 정도는 구매할 수 있다. 반대라면 당연히 그 전부를 포기해야만 하는 것이었고.

"흐음."

잠시 눈을 감았다.

사체를 포기한다?

생각만으로도 가슴이 찢어질 정도였다.

미친 짓인데, 그건.

특수 재료를 포기한다?

아쉽긴 하지만 가슴이 찢어질 정도는 아니었다. 고통의 수준이 아예 달랐다.

이 정도면 정해진 거지, 뭐.

"정했어."

성민우, 예린, 김지연이 무혁을 쳐다봤다.

"사체 사야지."

"오오!"

"와, 그럼 나머진 다 포기하는 거야, 오빠?"

예린의 질문에 고개를 끄덕이며 손을 뻗었다.

[드레이크의 사체를 구매하시겠습니까?]

사체는 인벤토리로 들어갔고 심호흡을 한 번 내뱉은 후 인벤토리를 확인했다.

[드레이크의 사체]

정말 사체가 존재했다.

"후아."

"샀냐?"

"어, 샀다."

소환수, 드레이크. 생각만으로도 소름이 돋았다.

괜찮나, 이거?

어느 정도의 수준일 것인가. 누구랑 비교를 해야 하지? 강화 아머 스켈레톤?

당연히 고개를 젓게 된다. 일반 스켈레톤에서 진화를 거쳐 강화 스켈레톤이 되고, 또 진화하여 아머나이트가 되고, 한 번 더 진화하여 지금의 자리에 이른 녀석들이지만 비교 대상의 후보로도 올릴 수 없었다.

빅 스켈레톤? 놈들을 전부 불러내어 합친다면?

"흐음."

합치는 숫자가 늘어날수록 효율은 급격히 떨어진다.

역시나 비교 대상은 아니었다.

그렇다면?

강화 아머 스켈레톤보다 훨씬 더 강한 자이언트 외눈박이, 설인, 붉은 오크 대전사, 그리고 포이즌 오우거를 떠올렸지만 이내 곧 고개를 저었다. 그들마저도 지금 얻은 드레이크에게는 상대가 되지 않으리라.

미쳤구나. 모든 것을 짓누를, 파괴적인 괴물. 놈을 부리기 위해 구해야 할 필수적인 재료들이 있었다.

용심, 그리고 마정석.

얼마를 쓰더라도……! 최고 등급의 것으로 구해 드레이크를 살려내기로 결심하는 무혁이었다.

동료들이 포인트로 얻은 아이템을 가지고 수다를 떠는 사이 무혁은 경매장을 열어 용심을 검색했다.

오호.

2개의 물품이 검색되었다.

[용심]

드래곤이 생전에 지니고 있던 극히 일부에 비견될 만한 에너지가 깃들어 있다. 그러나 드래곤에 비교하여 극히 일부일 뿐, 에너지 자체만으로 본다면 상당한 양이라고 할 수 있다.

다른 용심을 확인했다.

[용심]
드래곤이 생전에 지니고 있던 일부에 비견될 만한 에너지가 깃들어 있다. 그러나 드래곤에 비교하여 일부일 뿐, 에너지 자체만으로 본다면 엄청난 양이라고 할 수 있다.

두 용심의 설명은 분명히 달랐다. '극히 일부'보다는 '일부'를 '상당한'보다는 '엄청난'을 택했다.

['용심'을 구매하시겠습니까?]
[금액이 부족합니다.]

떠오른 메시지에 순간 멍해진 무혁.
"아……."
지금 골드가 부족한 상태였음을 깜박하고 있었다.
어쩌지?
아이템을 만들어 팔고 하는 사이에 용심이 팔려 나갈 가능성이 있었다. 일루전 주식을 팔아 골드를 사는 방법도 있겠지만 그러고 싶진 않았다. 시간이 흐르면 일루전의 가치는 더욱 높아질 것이 분명했으니 당장의 편안함을 위해 팔아버리면 훗날 큰 손해로 다가올 것이 분명했다.

순간 옆에 있는 세 사람에게 시선이 이동했다.

"혹시 골드 좀 있어?"

"조금?"

"빌려줄래? 아이템 강화해서 팔리면 바로 갚을게."

"갚기는 또 뭘 갚아. 그냥 써, 네가 나한테 해준 게 얼마인데."

고마웠다. 그러나 그 말에 수긍할 생각은 없었다.

"그래도 아니지, 그건."

"아니긴, 무슨."

"가까운 사이일수록 돈거래는 확실하게."

"쩝, 그렇게까지 말한다면야. 자, 그럼 쓰고 잘 갚아라."

"고맙다."

"오빠, 나두 여기 있어."

"고마워."

다행히 성민우와 예린, 김지연에게 골드를 빌려 용심을 구매할 수 있었다.

마정석도 있으려나?

대부분이 하급이었고 가장 높은 게 중급이었다.

이건 NPC한테 구하는 게 낫겠네.

이젠 동료들에게 빌린 골드를 갚을 차례였다.

노가다 좀 하면 되지, 뭐.

1회용 제작 도구와 쓸 만한 무기를 꺼냈다. 재료는 미리 구입한 덕분에 넉넉한 편이었다. 적어도 8강까지는 올린 후에 판매하면 될 것 같았다.

"후읍!"

호흡을 참는 것과 동시에 집중력을 최고조로 끌어올렸다.

카앙!

[강화도가 상승합니다.]
[강화도 : 9%]

[칭호의 효과로 강화 성공 확률이 상승합니다.]
[강화에 성공하였습니다.]

1강은 역시나 쉬웠다. 2강, 3강도 마찬가지. 7강까지는 쉽게 완성했지만 마지막 한 번을 실패했다.

흐음.

또다시 실패하여 5강이 되었다.

후, 집중하자.

차분하게 마음을 가라앉히고 다시 작업을 이어 나간 덕분일까. 6강, 7강, 8강까지 연이어 성공시킬 수 있었다.

경매장 등록. 입찰이 아닌 즉시 판매였다. 이후로 2개의 무기를 더 강화시켰다.

7강 1개, 8강 1개. 그것들 역시 즉시 판매로 올려뒀다.

1개만 팔려라.

그거면 골드를 갚기에 충분했으니까.

나머지 하나는 여유 자금이었다.

[아이템 '카본의 검 +8'이 판매되었습니다.]

마침 처음 올린 검이 팔렸다.

"자, 여기 빌린 돈."

"벌써 갚냐?"

"어, 아이템이 생각보다 빨리 팔려서."

돈은 갚았고.

현재 최우선 순위는 드레이크를 소환수로 만들어내는 것이었다. 최강자전까지 시간이 많이 남지 않은 만큼 서두를 필요가 있었다.

"아, 그리고 헤밀 제국에 좀 다녀올게."

"거긴 왜?"

"마정석 좀 구하려고."

"아아, 그래. 우린 아이템이나 정비하고 있어야겠다."

"곧 최강자전이니까 준비 잘 해둬라. 갔다 와서 가능하면 강화 좀 해줄 테니까."

"좋지! 빨리 갔다 와라."

무혁이 몸을 일으키려는 순간.

"오빠, 난 딱히 정비할 것도 없는데……."

예린의 말에 무혁이 웃었다.

"그래? 그럼 같이 갈까?"

"응, 좋아!"

그녀와 함께 헤밀 제국으로 향했다.

헤밀 제국, 성내. 아뮤르 공작과 마주한 두 사람.

예린은 차를 홀짝거렸고 무혁은 아뮤르 공작과 가볍게 인사를 나눈 후 바로 본론으로 들어갔다.

"마정석 네 개가 필요하다?"

"네."

"흐음, 등급은 어떤 걸 원하나?"

"최대한 좋은 걸 원합니다."

아뮤르 공작이 잠시 생각에 잠겼다.

"이거 부탁을 거절하기도 힘들군. 자네가 해준 일이 있으니……."

"별말씀을요."

"좋네, 최상급 다섯 개면 되겠나?"

무혁의 눈이 커졌다.

"무, 물론입니다."

"기다리게."

아뮤르 공작이 보좌관을 불러 지시를 내렸다.

"기다리면서 차나 한잔하지."

"예."

"흠, 그런데 마정석은 왜 필요한 건가."

"아, 제가 네크로맨서인 건 아시죠?"

"알지."

"저에겐 특별한 힘이 있습니다."

"어떤 건가."

"몬스터의 사체를 살려낼 수 있는……."

아뮤르 공작이 모처럼 반응했다.

"호오, 알겠군, 뭔지."

"네?"

"아아, 내가 발시언 영감님과 인연이 있어서 말이야."

"아……!"

"그럼 어떤 몬스터의 사체인가?"

무혁이 희미하게 웃었다.

"드레이크입니다."

아뮤르 공작이 자리에서 벌떡 일어났다.

"드레이크……!"

"네."

"허, 허허. 대단하군."

이야기가 통하니 재미가 있었다.

"운이 좋았습니다."

"운이라니, 응당 실력이겠지."

그러면서도 간간이 예린과 이야기를 이어갔다. 다행스럽게도 아뮤르 공작 역시 그녀에게 이런저런 질문을 던졌다.

마침 보좌관이 들어왔고.

"마정석입니다."

그에게서 최상급 마정석 다섯 개를 얻었다.

"드레이크, 잘 만들어보게."

"감사합니다."

"다음에 또 오고."

아뮤르 공작에게 인사한 후 저택을 나섰다.

"가자, 예린아."

예린과 함께 칼럼 소도시로 돌아왔다.

북쪽의 한적한 곳. 몬스터 침공으로 인해 꽤나 너저분해진 곳 근처에 자리를 잡았다.

유저가 없어 눈에 띄지 않고 작업할 수 있었기 때문이다.

"여기서 나 작업 좀 할게."

"알겠어."

두근거리는 심장 고동을 즐기며 인벤토리에서 드레이크의 사체를 꺼냈다. 작았던 것이 바닥에 닿는 순간 거대해졌다.

엄청난 크기.

가만히 바라보던 무혁은 최상급 마정석 하나를 먼저 머리에 올렸다. 그리고 양쪽 어깨에 하나씩, 가슴 중앙에 하나, 마지막으로 복부 하단에 하나를 놓았다.

"후우."

조심스럽게 용심을 꺼냈다. 그것을 심장 부위에 내려놓자 강한 빛이 터져 시야를 가렸다.

급히 자리에 앉고서.

[스킬 '조립 마스터'를 시전했습니다.]
[흡수율이 상승합니다.]

흡수율이 오르길 차분히 기다렸다.

10, 20, 30퍼센트…… 서서히 속도가 붙었고.

[몬스터 '본 드레이크(Lv.420)'가 귀속됩니다.]

무혁이 몸을 일으켰다.

"하아."

무려 420레벨의 본 드레이크. 이미 성장이 완성된. 그렇다고 더 이상 성장할 수 없는 것도 아닌, 괴물이 탄생하였다.

뼈가 좀 있던가?

급히 인벤토리에서 쓸 만한 뼈를 꺼냈다.

콰직.

먼저 뼈 하나를 뽑았다.

[본 드레이크의 민첩이 줄어듭니다.]
[손재주의 영향을 받아 0.41의 하락이 이뤄집니다.]

하락이 너무 컸다.

뭐지?

본 드레이크의 뼈가 너무 좋은 모양이었다.

흐음.

고민하다가 일단 그곳에 새로운 뼈를 꽂았다.

[본 드레이크의 힘이 상승합니다.]

[손재주의 영향을 받아 0.28의 상승이 이뤄집니다.]

오히려 손해였다.

이런. 레벨이 훨씬 더 높은 몬스터가 아니라면 한동안 드레이크의 뼈를 교체하는 건 자제해야 할 것 같았다.

그러면…… 경험치를 소모하여 스탯을 올리는 건 어떨까.

[현재 획득한 소환수 경험치 : 127,500]

총 12개의 스탯을 올릴 수 있었다.

전부를 힘에 투자했고.

[소환수 경험치(120,000)를 사용합니다.]

[본 드레이크의 힘(12)이 상승합니다.]

덕분에 드레이크의 전력이 조금은 더 상승했다.

한동안은 드레이크에 몰빵해야지.

그런 다짐을 하며 녀석의 상태를 체크했다.

[본 드레이크]

레벨 : 420

HP : 81,500

MP : 41,200

힘 : 726 / 민첩 : 714 / 체력 : 773

지식 : 379 / 지혜 : 378

보면서 절로 고개가 끄덕여졌다.

기본 스탯도 좋을 거고. 추가로 무혁의 스탯 일부를 보너스로 받았을 테니 이 정도는 당연했다.

스킬도 확인해 봤다.

[본 브레스]

독성 물질로 이뤄진 날카로운 뼈를 사방으로 내뿜는다.

대미지 : 힘 스탯×민첩 스탯.

소모 MP : 500.

쿨타임 : 500초.

[자이언트 대시]

육중한 몸집에 가공할 속도가 더해진 대시로 부딪치는 모든 것을 부순다.

대미지 : 최대 HP×체력 스탯/100.

소모 MP : 500.

쿨타임 : 500초.

[본 스피어]

전신의 뼈를 날카롭게 만들어 단숨에 사방으로 날려 보낸다.

대미지 : 레벨×힘 스탯.

소모 MP : 500.

쿨타임 : 500.

스킬 하나하나가 극히 공격적이었다. 쿨타임이 조금 긴 편이었지만 스킬이 3개나 되기에 적당히 사용하면 될 것 같았다. 무엇보다 대미지가 높았다.

음, 그러니까…….

계산을 마친 무혁의 입이 떡하니 벌어졌다.

뭐야, 이거?

진짜인가 싶어서 다시 계산해 봤다.

자이언트 대시는 최대 HP×체력 스탯/100이었다. HP가 81,500이고 체력 스탯이 773이니 나누기 100을 하면 7.73이 된다. 즉 81,500 곱하기 7.73의 피해량인 것인데, 계산을 해보면 무려 629,995가 나왔다.

그뿐인가. 본 브레스의 피해량은 726×714. 즉, 518,364가 되는 것이고. 대규모 범위 스킬인 본 스피어조차 피해량이 무려 420×726. 그러니까 304,920이나 되었다.

"크으……!"

그저 감사할 따름이었다.

미쳤구나, 진짜.

이번 최강자전에서의 우승 확률이 한층 더 높아졌으니 기쁨을 감출 길이 없었다.

더 할 게 남았나?

아무리 고민해 봐도 없었다.

아이템 강화 정도?

그것도 1강, 많아야 2강 정도만 더 높이면 될 일이었다.

남은 시간은…… 동료들에게 신경을 좀 쓰기로 했다.

"예린아."

"응?"

"은빛 늑대 몇 강이지?"

"지금 34강이야."

"흐음, 혹시 더 좋은 동물 알아?"

"알긴 아는데……."

"뭔데?"

"아무래도 백호가 좋긴 해. 근데 백호면 아마 25강이 한계일 걸? 숫자도 조금 적을 테구. 뭐, 그래도 은빛 늑대보다는 훨씬 강하겠지만."

"그럼 백호나 조련해 볼까?"

"응? 어우, 백호 조련하는 거 엄청 힘들다던데……."

"뭐 어때."

예린이 조금 고민했다.

"우웅, 해볼까……?"

"하다가 안 되면 포기하면 되는 거고."

"헤헤, 알겠어. 해볼래!"

"그러면 백호 나오는 지역부터 가보자."

"웅!"

오랜만에 예린과 함께 즐거운 시간을 보냈다.

⚫

확실히 백호를 조련하는 건 쉽지 않았다. 그러나 차근차근, 어떻게든 한 마리씩 조련이 되어가고는 있었다.

"후, 이제 9마리."

"저기도 있네. 가보자."

"웅!"

저 멀리 백호를 발견하고 화살을 한 대 날렸다.

푸욱.

녀석의 허리에 깊이 꽂힌 화살.

크, 크르…….

백호는 제대로 덤벼들지도 못한 채 끄웅거렸다. 그런 백호를 예린이 지극정성으로 치료해 줬고 마지막에는 먹이도 챙겨 줬다.

[백호가 고마움을 느낍니다.]

그런 백호를 가만히 쓰다듬어주던 예린.

슬며시 목줄을 채워봤다.

크워어어엉!

거칠게 반항하는 백호. 녀석이 도망치려는 찰나, 무혁이 화살이 다시 한번 쏘아졌다.

크, 크르르······!

이번에도 상처를 입은 백호를 예린이 치료해 줬으나 여전히 목줄을 채우려는 행동에는 거칠게 반항했다.

그러나 포기하지는 않았다.

두 번, 세 번. 그리고 네 번의 시도에서 드디어 백호가 포기했는지 바닥에 넙죽 엎드렸다.

끄으응.

드디어 목줄을 채우는 것에 성공한 예린.

[백호 조련에 성공하였습니다.]

이로써 10마리의 백호가 수중에 들어왔다.

"후우. 힘들지, 오빠?"

"아니, 재밌는데. 백호마다 반응도 다르고, 신기하네."

"사실 나두 좀 신기해."

"그래? 근데 몇 마리나 더 조련할 수 있어?"

"9마리는 더 할 수 있어."

"총 19마리네."

"응."

"흐음, 거기에 강화까지 하면 괜찮겠지?"

"그럼, 엄청 괜찮지!"

"좋아, 그러면……!"

마침 뒤쪽에 백호 두 마리가 있었다.

"오, 두 마리나 있네. 다시 시작해 보자고."

"응!"

3시간 정도에 걸쳐 나머지 아홉 마리의 백호도 조련에 성공했다.

총 19마리. 이제 녀석들을 강화할 시간이었다.

"강화는 돌아가서 해도 되니까."

"그래."

칼럼 소도시에 도착했을 무렵.

[성민우 : 여, 나 정령 몇 마리 더 소환 가능할 거 같다.]

좋은 소식이었다.

[무혁 : 그래?]

[성민우 : 어, 그래서 지금 퀘스트 깨는 중이야, 지연이랑 같이. 끝나고 바로 칼럼으로 갈게!]

[무혁 : 그래라. 그보다 대회 이틀 뒤인 건 알지?]

[성민우 : 내일이면 끝날 듯.]

[무혁 : 그래, 고생해라.]

그 소식을 예린에게 전해줬다.

"아하, 잘됐네!"

"그러게, 우리는 뭐…… 같이 강화 작업이나 하면 되겠다."

"좋아!"

무혁은 아이템 강화를 예린은 백호 강화를 말이다.

드디어 포르마 최강자전이 오픈되었다. 여기서 뽑힌 이들만
이 전 세계 최강자전에 참가할 수 있는 자격을 얻게 된다.

"더럽게도 많네, 진짜."

"너무 갑갑해."

무혁과 일행 역시 모든 준비를 마치고 이곳에 참여했다. 제
국 내부가 아닌, 사냥터라 할 수 있는 드넓은 초원 지역.

임시로 만든 거대한 공간이 유저로 바글거렸다.

-오래 기다리셨습니다.

마침 누군가의 목소리가 울렸다.

-이번 대회를 맡은 임시 운영자입니다. 해당 대회는 각종 프
로그램에서도 방영이 된다는 점을 염두에 두시기 바랍니다.
몇 가지 설명을 하자면…….

지겨운 연설이 이어지고.

-1차 예선전은 간단합니다. 데스 매치. 해당 구역에서 최후의 1인이 될 때까지 살아남으십시오. 그럼, 지금부터 대회를 시작하겠습니다!

그 말과 함께 빛이 공간을 채웠다.

"윽, 아무것도 안 보이잖아?"

웅성거리는 소리가 순식간에 사라졌다.

"어?"

눈을 떠보니 풍경이 달라졌다.

주변을 훑어봤다.

성민우, 예린, 김지연. 한 사람도 보이지 않았다.

고개를 들어보니 하늘 정중앙에 적힌 숫자가 보였다.

300명.

그제야 마지막에 들었던 이야기가 기억났다.

데스 매치. 그리고 최후의 1인.

흐음, 빡세겠는데.

생각보다 험난한 여정이 예상되었다.

지난 최강자전보다 난이도가 대폭 상승했다.

몸을 숨겨야 하나?

그건 내키지 않았다. 자신도 있었고.

그래, 한번 부딪혀 보자고.

먼저 히드라를 불러냈다.

스컬 스네이크, 소환.

탐색을 위해 녀석들을 사방으로 넓게 퍼뜨렸다.

꽤 있네.

주변에만 17명 정도의 유저가 있었다. 거리는 조금 되는 편이고.

그들을 차례대로 처리하기로 했다.

먼저 우측으로.

딱히 숨을 생각도 하지 않았다.

"어, 어어……!"

그러다 마주친 유저를 향해 화살을 한 대 날렸다.

풍폭, 강력한 활쏘기.

상대 유저는 인상을 찌푸리며 방패를 꺼내 막았으나 충격을 버티지 못하고 뒤로 한참이나 날아가 버렸다.

"크윽, 뭐야. 이 미친……!"

무혁에게 욕을 하는 건 아니었다. 그저 대미지가 어이가 없을 정도였을 뿐.

뒤이어 꽂힌 또 한 대의 화살.

피할 생각도, 막을 엄두도 나지 않았다. 멍하니 서 있다 사라지는 게 그가 할 수 있는 전부였다.

한 명 처리.

하늘을 확인하니 299가 되어 있었다.

"어? 저기 무혁이야!"

그때 뒤쪽에서 두 명의 유저가 나타났다. 아는 사이인 모양이었다.

서로 쳐다보며 눈짓을 주고받는 둘.

"시발, 튀어!"

그러더니 갑자기 뒤도 돌아보지 않고 도망가기 시작했다.

음?

어차피 죽여야 할 자들이었기에.

윈드 스텝.

덤덤히 그들의 뒤를 쫓아갔다.

"아, 왜 쫓아오는데요!"

"데스 매치니까요."

"아, 그래도······!"

무혁이 씨익 웃으며 화살을 날렸다.

파바바바바방!

엄청난 속도의 연사. 마치 수십의 궁수가 한 번에 화살을 날린 것처럼 공간을 뒤덮었다. 어떻게든 피하거나 막기 위해 안간힘을 쓰던 둘의 신형이 갑자기 저 먼 곳에서 나타났다.

"흐흐, 쫓아오지 마세요!"

그러곤 바람처럼 사라졌다.

허, 마법사였나.

아쉬움에 혀를 차며 스네이크의 시야를 확인했다.

꽤 오래 걸리겠는데.

그렇다면 차라리 소환수를 활용하는 게 백번은 더 나으리라.

스켈레톤 전원 소환.

나타난 스켈레톤을 바라보며 무혁이 침을 삼켰다.

평소와 같았으나 딱 한 녀석.

드레이크의 유무만으로 이렇게나 분위기가 달라졌다. 그전에도 위압적이었으나 지금은 그것을 뛰어넘어 한층 더 강압적이었다. 그것의 주인 무혁, 그조차 드레이크를 보고 있자면 긴장이 되는데 다른 유저들은 어떨까 싶었다.

재밌겠네.

데스 스켈레톤을 불러냈다.

전부 흩어져라.

그들을 사방으로 뿌렸다. 근처에 위치한 돌멩이 앞에 앉아 등을 기대고선 하늘을 쳐다봤다.

흐음.

숫자가 줄어들기를 기다리면서.

한편 조심스럽게 몸을 숨기고 있던 상위 랭커 유저, 카르마. 그는 다가오는 스켈레톤을 바라보며 고개를 갸웃거렸다.

근처에 네크로맨서가 있는 모양인데.

잡아낼 자신은 있었다. 다만, 스켈레톤이 흔히 보던 놈이 아니었다.

아머나이트군.

무혁 덕분에 정보가 꽤나 퍼진 상황. 저 녀석들은 꽤 강하다는 걸 영상으로 수없이 확인했었다. 무엇보다 놈들과 부딪치게 되면 위치가 들통 날 우려가 있었기에 나서지 않기로 했다.

그래, 아직은 아니야.

그런데 마침 근처에 또 다른 유저가 숨어 있었던 모양이었다.

"해골 새끼잖아?"

그는 거침없이 범상치 않아 보이는 세 마리 스켈레톤의 앞으로 나섰다.

셋은 나타난 유저에게 천천히 접근했다.

"하, 별게 다……!"

그 순간 아머나이트가 지면을 강하게 찼다.

파바밧.

동시에 방패를 앞으로 내밀며 유저를 밀어버렸고 뒤이어 위치를 잡더니 순식간에 그 사내를 포위해 버렸다. 삼각형 모양의 포위망에 갇힌 사내가 당황스러운 표정을 지었다.

"뭐야……?"

이건 정상적인 상황이 아니었다. 진화를 했다는 스켈레톤과 붙어본 적이 있었기에 확신할 수 있었다. 뭔가 잘못되었음을.

그 순간 아머나이트 셋이 검을 휘둘렀다.

무시 못 할 대미지가 들어왔고.

"크읍!"

사내는 황급히 몸을 웅크리며 방패로 방어했다. 동시에 슬며시 자세를 취했다. 앞쪽에 위치한 아머나이트를 밀어버리기 위해 허벅지에 힘을 주며 몸을 일으켰다.

"흐아아아압!"

느낌이 왔다.

퍼억.

그러나 아머나이트는 생각보다 단단했다. 그의 예상만큼 밀리지 않았다. 게다가 뒤쪽에 위치한 아머나이트 둘이 순식간에 따라붙었다.

"크윽, 시발. 장난하냐고오오오!"

여기서 허무하게 죽을 순 없었다.

용권풍! 연타! 삼단차기!

무투가 스킬을 연이어 사용한 덕분에 두 녀석을 처리했지만 남은 한 녀석이 문제였다.

"빌어먹을……."

이미 그의 HP는 바닥이었으니까.

푸욱.

순간 아머나이트9가 검을 내뻗어 그의 복부를 찔렀다.

유저가 흐릿해지더니 사라졌다.

하늘에 떠오른 숫자가 줄어들었다.

남은 숫자, 269명.

비슷한 시각.

기마궁수 셋과 아머기마병 셋, 총 여섯 스켈레톤이 저 멀리 위치한 두 명의 유저에게 달려갔다. 아무래도 군마 덕분에 속도가 상당히 빨랐다.

순식간에 가까워진 거리.

기마궁수가 먼저 뼈 화살을 날렸다.

뒤이어 유저들도 반응했다.

"파이어 스피어!"

불꽃으로 이뤄진 창이 날아들었다.

사사삭.

사방으로 흩어지는 기마궁수와 아머기마병.

파이어 스피어가 빈 공간을 강타했다.

"푸훗, 뭐 하냐. 너."

"하, 쪽팔리게……!"

마법사 유저가 동료의 핀잔에 미간을 찌푸리더니 손을 들어 올렸다. 하늘 위로 떠오르는 새하얀 얼음 결정체. 순식간에 날카로워지더니 전방으로 뻗어 나갔다.

수십 개가 넘어서는 결정체가 기마궁수와 아머기마병을 노렸다. 그러나 그간 무수한 사냥으로 나름의 경험이 쌓인 기마궁수와 아머기마병이었다.

무혁의 지시에 따른 전투가 전부는 아니었다. 마계에서의 경험이 컸다.

지휘 권한을 가진 녀석들과 함께하는 전투. 때로는 각자, 그들만의 생각대로 움직이기도 했다. 자유로웠고, 저돌적이었다.

지금도 마찬가지. 마치 도망치는 것처럼 퍼지던 기마궁수와 아머기마병이 어느새 두 명의 유저를 향해 동시에 돌진했다. 기마궁수는 뼈 화살을 날려 견제했고 그사이 접근한 아머기마병은 돌진 스킬을 사용해 거리를 단숨에 좁혔다.

콰아아앙!

부딪치는 순간 유저 두 명이 뒤로 미끄러졌다.

실드를 사용했음에도 불구하고.

"야, 또 오잖아! 막아!"

"앞뒤로 다 오는데 어디를?"

"아무 데나!"

전사 유저가 대검을 꺼내 들고 후방을 주시했다.

"실드!"

마법사는 보호 마법을 사용했고.

캉, 카가각.

날아든 뼈 화살에 흔들리던 실드는 결국 다가온 아머기마병의 공격에 깨져 버렸다. 전사가 대검으로 두 녀석을 막으려 했으나 아머기마병은 절묘하게 피한 뒤 마법사에게 접근했다.

다시 한번 뻗어지는 창날.

-가속 찌르기. 파워샷!

동시에 날아드는 힘이 실린 뼈 화살까지.

"돌아버리겠……."

HP가 낮은 마법사의 한계였다. 죽어버린 그의 모습에 전사 유저가 어이없는 표정을 짓는다.

"하, 이거 진짜냐……?"

뒤이어 그 역시 목숨을 잃었다. 하늘에 떠오른 숫자는 201이었다.

무혁이 몸을 일으켰다.

흐음, 거의 다 죽었네.

드레이크와 포이즌 오우거, 설인, 오크 대전사 등등 일부 스켈레톤을 제외하고는 대부분이 역소환되었다.

그래도 재미는 있었다. 마치 영화를 보는 것처럼 가만히 앉아서 소환수들의 시야를 구경하는 재미가 말이다.

죽어가며 당황하는 유저들. 욕을 내뱉는 자도 많았고 포기하는 이도 있었다. 게다가 누군가는 무혁이라는 것을 깨달았는지 그 이름을 되뇌는 녀석들도 있었다.

뭐, 그래도 많이 줄었네.

하늘에 뜬 숫자는 겨우 31이었다.

10분의 1 정도만 남은 것이다.

움직여 볼까, 이제.

본격적으로 주변을 파헤치기 시작했다. 숫자가 천천히 줄어갔다.

29, 28, 27명. 그리고 그 모습이 실시간 방송에 잡혔다.

"저 F구역에 무혁 유저가 있는 건가?"

"그렇지."

"벌써 20명만 남았네?"

"200명 넘게 무혁 유저 혼자서 잡았다고 나오더라, 자막으로."

"헐, 미친."

"근데 다크 유저는 참가 안 했다며?"

"어, 1위인데 뭐 하는지 몰라."

"쩝, 한 1년 넘게 안 보인 것 같은데."

"1년이 뭐냐, 더 된 거 같은데."

"그런가."

그사이 무혁이 한 무리의 유저와 마주쳤다.

남은 12명 전원이었다.

"와, 1대12인가?"

"뭐, 그래 봐야 의미가 있으려나."

그 말을 하는 순간 무혁의 소환수가 튀어나왔다.

압도적인 숫자. 녀석들이 남은 12명의 유저를 쓸어버렸다.

"와, 스켈레톤 저거…… 미쳤구만."

"숫자부터 뭐……."

"근데 저기 엄청나게 큰 놈은 뭐지? 용처럼 생겼는데."

"글쎄……."

"이야, 새로운 스켈레톤인가? 볼거리가 더 늘겠네."

"이번 대회 꿀잼각이다, 아주 그냥."

"크크큭."

이윽고 무혁이 속한 F구역의 화면이 새하얗게 변했다. 뒤이어 공간이 바뀌고 주변을 갸웃거리는 무혁만이 보였다.

[최초의 예선 통과자, 무혁!]

굵은 자막이 떠올랐다.

조금 시간이 지나면서 유저들이 한 명씩 나타났다. 그런데 그중 성민우, 예린, 김지연의 모습이 보이지 않았다.

시간이 지나면서 조금씩 불안해졌다.

흐음, 탈락한 건가.

그럴 가능성도 농후했다.

300명. 그 많은 인원 중에서 최후의 1인이 되는 건 결코 쉽지 않은 일이었으니까.

"으헙!"

그때 익숙한 목소리가 들려왔다.

"어우, 뭐야. 여긴 또."

"야."

"엥? 너도 있었네?"

성민우였다.

"여기 통과한 사람들이야, 전부."

"아, 그래? 어우, 다행이다. 마지막에 죽을 뻔했거든."

"그래도 통과하긴 했네."

"크흐흐, 그럼. 예선전에서 떨어지면 얼마나 억울할지 상상만 해도 소름이 돋더라. 끝까지 숨어 있다가 마지막에 나타나서 남은 유저랑 제대로 붙었지."

"잘했네."

"근데 예린이는?"

"아직."

"으음."

사실 김지연은 사제였기에 통과할 가능성은 제로에 수렴했다. 다만 예린은 가능성이 충분했다. 그걸 알기에 성민우도 무혁에게 불어본 것이고.

"뭐, 기다려 보자고."

나타나는 유저들의 속도가 빨라졌다.

여기서 한 명, 저기서 한 명, 옆에서도 한 명.

떨어졌나 보네.

마음을 비웠을 무렵.

"어, 저기!"

조금 먼 곳에서 좌우를 살피고 있는 예린을 발견할 수 있었다.

"예린아!"

"오빠!"

그녀가 달려와 무혁에게 안겼다.

"으으, 힘들었어."

"그래, 그래. 잘했어."

그녀를 다독였다.

"갑자기 떨어져서 엄청 놀랐어……."

"그래도 잘했네."

"으응. 백호들 덕분이지, 뭐."

이제 예선전은 통과했기에 떨어질 일은 없으리라. 그래도 혼자의 힘으로 돌파해야 한다는 건 변함이 없겠지만 말이다.

-자, 집중해 주시기 바랍니다.

마침 마이크 소리가 들려왔다.

-예선전이 끝났습니다. 이곳에 계신 분들은 각 그룹에서 최후까지 살아남은 한 명으로 그 실력을 증명하셨습니다. 지금부터는 그 실력을 눈앞에서 펼쳐주시길 바랍니다! 그럼 본선 1차전을 시작하겠습니다!

다시 한번 유저들이 강제로 나뉘었다.

무혁은 12그룹. 성민우는 2그룹. 예린은 7그룹이었다.

-해당 그룹에서 연속으로 세 번을 승리하거나 혹은 도전자가 없을 경우 본선 2차전에 진출할 수 있습니다! 언제 나서야 할지는 오직 여러분들의 몫입니다!

모두의 눈치 싸움이 시작되었다. 시간을 끌 이유가 없었다.

저벅.

무혁은 그 자리에서 점프하여 바로 대결의 장으로 올랐다. 그러자 단상 중앙에 운영자가 나타났다.

-아, 제 모습은 홀로그램입니다. 가벼운 진행 정도만 맡을 예정이라 이렇게 찾아뵙게 되었으니 양해 부탁드립니다. 자, 가장 먼저 무혁 유저가 나섰군요. 도전자 계십니까?

좀처럼 도전자가 등장하지 않았다.

-1분만 기다리겠습니다. 도전자가 없다면 무혁 유저는 자동

으로 본선 2차전에 진출하게 됩니다.

무혁의 위세를 알았기에 쉽게 도전할 수 없었다. 그러나 쉽게 보내주자니 그것도 배가 아팠다.

아무나 나서라, 좀.

12 그룹에 속한 유저 대부분이 같은 생각으로 사방을 훑었다. 30초 정도가 흘렀으나 여전히 나서는 자는 없었다.

-25초 남았습니다.

그때 한 명이 걸음을 내디뎠다.

"하, 무슨 이런 겁쟁이 새끼들만 있는 건지."

투덜거리는 사내.

-오, 드디어 도전자가 나타났군요. 무쇠주먹 유저님, 오른쪽에 서주시기 바랍니다.

무혁과 무쇠주먹, 둘은 서로를 쳐다봤다.

-간단합니다. 물약은 사용할 수 없으며 오직 스킬과 실력만으로 승부를 보셔야 합니다. 그럼 지금부터 대결을 시작하겠습니다!

말이 끝나는 순간 무혁은 소환수를 불러냈다. 대결의 장, 그리 넓지 않은 공간을 빼곡하게 메워 버린 스켈레톤.

"아, 이런 뼈다귀 새끼들이!"

무쇠주먹이 거칠게 주먹을 내질렀다. 생각보다 대미지가 강했는지 일부 스켈레톤이 그대로 부서져 내렸다.

"별거 없잖아!"

자신감이 한껏 치솟은 무쇠주먹은 한 번 더 주먹을 내질렀다. 그러나 이번 공격에는 굳건하게 버텼다.

"뭐야……?"

다시 공격을 이어갔으나 스켈레톤의 굳건함은 마찬가지였다. 처음 공격에 부서진 스켈레톤은 진화를 거치지 못한 일반 스켈레톤일 뿐이었던 것이다.

그 순간 허공으로 솟구친 각종 마법. 그리고 공간을 수놓는 뼈 화살.

사방에서 조여오는 압박감에 무쇠주먹의 표정이 암담하게 물들어갔다.

"어, 어어. 자, 잠깐만……!"

공격이 비처럼 내리꽂혔다.

콰과과과광!

그 한 번의 공격으로 무쇠주먹은 본선 1차전에서 탈락하고 말았다.

-아, 허무하군요. 무혁 유저의 압승입니다! 다음 도전자 계십니까?

이번에는 만용을 부리는 자가 없었다.

적막 속에서 1분이 지나고.

무혁은 참으로 손쉽게 본선 2차전에 진출했다.

-그럼 무혁 유저 먼저 이동하겠습니다.

무혁이 사라지고 남은 유저들이 웅성거렸다.

"쯧, 멍청하구만."

"그러게."

"안 그래도 좁은데 무혁 유저면 스켈레톤만 소환해도 상대가 안 되지. 공간 제한이 없는 곳이면 또 몰라."

"뭐, 저렇게 머리가 안 돌아가는 녀석도 있어야 우리가 더 높게 오르지."

"하긴, 크큭."

그러나 아직 싸움은 끝나지 않았다. 그들끼리의 전쟁이 남았으니까.

한편 예린도 무혁과 마찬가지로 첫 번째로 대결의 장에 올랐다. 무혁의 옆에서야 가녀리고 약하다지만 실상 그녀도 레벨로만 따진다면 최상위권 랭커였다. 스스로의 직업에 자부심도 있었고 최근 얻은 백호로 인해 자신감도 있었다.

-네, 도전자 있습니까!

그러나 유저들은 그녀를 쉬운 상대로만 여겼다.

"예쁘네."

"무혁 여자 친구 아닌가?"

"흐음, 강하진 않았던 걸로 기억하는데……."

무혁의 옆에선 약하게만 보인 그녀. 유저들은 쉽게 여기며 도전했으나, 결과는 정반대였다. 그녀는 단숨에 두 명의 도전자를 꺾어버렸다.

-대단하군요. 마지막 도전자 계십니까!

그에 또다시 나서는 유저. 이번에도 예린은 백호 18마리를 불러내 해당 유저를 포위했다.

그러나 상대 유저는 날렵한 움직임을 지닌 궁수. 백호의 공격을 피하면서 화살을 연속으로 날려댔다.

예린은 한 마리의 백호를 앞에 세워 그 공격을 막아내고 차분하게 마법을 날렸다. 얼어붙은 거대한 손이 하늘에서 떨어졌고.

콰드득.

제대로 피하지 못한 궁수 유저의 발목 일부가 얼어버렸다.

"이런……!"

그 틈을 놓치지 않고 백호가 달려들었다.

강한 힘이 실린 앞발. 그리고 거침없는 물어뜯기로 잔인하게 짓밟기 시작했다.

"으, 으어어어!"

고통은 거의 느껴지지 않겠으나 공포에 휘말려 괴성을 지르는 그. 머지않아 HP가 바닥까지 떨어지며 희미하게 사라졌다.

-네, 예린 유저. 세 번 연속 승리했습니다!

생각보다 쉽게 본선 2차전에 오른 그녀였다.

제6장
본선

성민우까지 전부 2차 본선에 올랐다.

"1차는 쉽더라. 예선전보다."

"나두."

"2차는 뭐지? 전에 뭐였는지 기억나냐?"

"팀전이었던가? 잘 기억이 안 나네."

정확하게는 알지 못했으나 이번 2차 본선은 팀전이 맞았다.

-자, 랜덤으로 매칭되는 3대3 팀전을 실시하겠습니다! 승리한 팀만이 3차 본선에 진출한다는 점을 명심해 주시기 바랍니다!

"같은 팀이 되기는 어렵겠네."

"으응."

아쉬워하는 예린. 그보다 더 큰 걱정이 있었다.

"근데 너랑 적으로 만나면 어쩌냐?"

성민우의 말에 무혁이 어색하게 웃었다.

"어쩌겠냐. 떨어져야지."

"크윽, 냉정한 놈."

-그럼, 지금 이동하겠습니다. 놀라지 마세요!

그 순간 주변 풍경이 바뀌었다.

옆을 바라보니 낯선 유저 두 명이 있었다.

"반갑습니다."

"어엇?"

"설마 무혁 님?"

"네."

"와우! 이번 팀전은 무조건 이겼네요!"

"크. 본선 3차, 감사합니다."

무혁이 머리를 긁적거렸다.

뭐, 사실이긴 하지.

여기서 떨어질 생각은 눈곱만큼도 없었다. 대륙 최강자전에 참여할 진짜 실력자를 뽑는 일종의 예선전일 뿐이었으니까.

-자, 팀이 정해졌군요.

이번에도 역시 홀로그램으로 운영자가 나타났다. 동시에 전방에 있던 불투명한 막이 투명해졌다.

그 안에는 싸워야 할 유저 셋이 있었다.

-더 설명할 필요가 있을까요? 3대3 팀전입니다! 싸워서 이기십시오!

그 말과 함께 투명한 막이 사라졌다.

-그럼 잠시 후에 뵙죠! 파이트!

홀로그램이 사라지자마자 무혁은 스켈레톤을 전부 불러냈다.

"가보죠."

"아, 네!"

조금도 방심할 생각이 없었다. 처음부터 전력으로 싸울 작정이었으니까.

아머메이지, 1차 마법.

쾅, 콰과과과광!

먼지가 솟구치는 걸 확인한 무혁은 2차 마법을 지시했고 뒤이어 기마궁수에게 파워샷과 멀티샷을 날리도록 했다. 아직도 내려앉지 않은 먼지 사이로 아머기마병들이 내달렸다. 공간 자체를 짓이기며 나아가는 녀석들.

-어, 이런……?

그 순간 운영자의 형상을 이룬 홀로그램이 나타났다.

-이거, 참. 벌써 끝내셨군요. 이번에도 최단 기록을 세웠네요. 아무튼, 축하드립니다.

그 말에 무혁의 좌우에 있던 두 명의 눈이 커졌다.

"버, 벌써?"

"와, 이거 미안할 정도네."

"무혁 님, 감사합니다."

인터넷 뉴스가 무혁의 이야기로 가득 채워졌다.

[이번에도 기록을 세운 무혁?]

[2차 본선 3대3 팀전, 시작과 동시에 통과하다.]

[3차 본선에서는 어떤 모습을 보여줄 것인가?]

[무혁, 그를 파헤친다.]

[포르마 대륙의 대표는 이미 무혁으로 내정된 상태?]

자극적인 기사가 대부분이었다. 다만 내용은 무던했다. 하나같이 비슷한 사건의 나열이었으니까.

"최단기간?"

"크, 3차 본선에서도 기록 세우려나."

"궁금하긴 하네."

"치킨이나 시켜서 먹으면서 보자고."

"좋지."

그래도 일루전에 관한 관심을 증폭시키는 효과는 있었다. 덕분일까. 야식 매출이 급증했다는 기사도 떴다.

[일루전 시청을 위한 야식 주문 쇄도!]

[시청률 최고 경신!]

모든 게 무혁과 연관되어 있었다.

이번에도 성민우와 예린 모두 3차 본선에 올랐다.

"오, 왔네?"

"당연하잖아, 인마!"

"예린이도."

"그럼, 나두 열심히 하고 있으니까."

"고생했어."

"헤헤, 뭘."

무혁은 예린과 알콩달콩 시간을 보냈고 성민우는 구석에 박혀 홀로 외로움을 달랬다.

"지연아…… 보고 싶다."

슬쩍 그를 쳐다보는 무혁과 예린.

"뭐, 왜."

성민우의 반응에 어깨를 으쓱거린 후 다시 자기들끼리 조곤조곤 대화를 나눴다.

"하아, 외롭구만."

시간은 흘렀고 드디어 3차 본선에 올라갈 인원이 전부 모였다.

"확실히 숫자가 줄었는데."

눈대중으로 대중 가늠이 될 정도였다.

60명이 조금 넘나?

마침 정확한 숫자가 귀에 들어왔다.

-오, 3차 본선에 올라오신 64명의 유저분들, 환영합니다. 여러분은 이제 탈락하더라도 최소한의 보상은 획득할 수 있습니

다. 포르마 대륙의 정예 실력자라고 하면 되겠군요. 하지만 대륙 최강자전은 쉽지 않아요. 이 중에서 뽑고 뽑아, 딱 여덟 명만이 참가할 수 있는 대륙 최강자전! 그곳에서 실력을 뽐내기 위해서는 일단 그 안에 드는 게 우선이겠죠? 그럼 지금부터 그 여덟 명을 뽑기 위한 마지막 3차 본선을 시작하겠습니다!

드디어 시작되었다.

-간단하게 설명하겠습니다. 3차 본선은 아주 간단합니다. 바로 토너먼트 방식입니다!

이미 예상했던 바. 모두 이제야 제대로 기회가 왔다고 여겼는지 눈빛이 변했다.

"무조건 이겨야지."

"한 사람만 피하자, 한 사람만."

대부분 유저의 시선이 무혁에게 집중되었다.

피하고 싶은 유저 1위, 무혁.

하지만 일부는 그저 묵묵히 전투를 준비할 뿐이었다.

숨은 실력자들. 누구라도 이길 수 있다는 자신감을 가진 이들이었다. 무혁의 시선이 자연스럽게 정비를 하고 있는 유저들에게 향했다.

어?

그러다 사내 한 명을 발견했다. 상당히 낯이 익었다. 그와 눈이 마주치는 순간 누구인지 떠올릴 수 있었다.

백랑. 지난번 포르마 대륙 최강자전에서 만났던 그 유저였다. 500명 데스 매치에서 간신히 이겼던 무인의 직업을 지닌 자.

나왔구나.

그 외에도 이름과 얼굴이 알려진 몇 명이 보였다. 대략 네 명 정도. 정말 실력이 뛰어나다 싶은 유저의 숫자였다.

-먼저 그룹부터 나누겠습니다. 앞에 놓인 10개의 구슬이 보이십니까? 그곳에 손을 얹어주시면 됩니다.

가까운 유저부터 손을 얹었다. 그러자 영어와 숫자가 떴다.

-알파벳이 조, 숫자가 순서입니다.

전방의 거대한 홀로그램에 표시되었다.

"나 먼저 한다."

"그래라."

성민우도 손을 얹었고 D조 3번으로 결정되었다.

강철주먹. 그 아이디가 해당 위치에 떠올랐다.

"이제 내 차례!"

다음은 예린이었다. H조 2번.

마지막으로 무혁이 위치한 곳은 A조 6번이었다.

-추첨이 끝났군요. 지금부터 토너먼트를 시작하겠습니다! 대련장은 단 하나! 그곳에서 여러분의 모습이 생중계될 것입니다. 최선을 다해 실력을 보여주시길 바랍니다!

가장 먼저 A조의 1, 2번이 나섰다. 대결이 시작되었고, 치열한 접전 끝에 승자가 결정되었다.

다음은 3, 4번. 꽤나 긴 싸움 끝에 승자가 정해졌다.

-네, 대단한 결투였습니다! 이번에는 5, 6번 유저 나와주십시오!

무혁이 몸을 일으켰다. 대련장으로 이동해 싸워야 할 적과 눈을 맞췄다.

-무혁 유저, 그리고 가스파 유저! 둘의 대결을 시작하겠습니다!

동시에 대련장을 빼곡하게 메운 스켈레톤. 쏟아지는 공격.

시작과 함께 대결이 끝나 버렸다.

-아, 이게 뭐죠?

걸린 시간은 정확하게 3초.

-최단 기록이 또 경신되었군요! 3초, 겨우 3초 만에 상대방을 녹여 버린 무혁 유저! 아주 손쉽게 경기를 끝내 버렸습니다!

이 전투로 가스파는 달갑지 않은 의미로 인기 유저가 되었다. 인생은 가순삭처럼.

'가스파 유저가 순간 삭제를 당할 때처럼 인생도 스피드있게 살아라'라는 뜻의 줄임말이 신조어로 자리 잡은 것이다.

대련장에서 내려온 무혁이 고개를 갸웃거렸다.

"너무 심했나?"

"어, 많이."

"오빠, 좀 심했어……."

두 사람의 말에 머리를 긁적거렸다.

"별수 없지. 대회니까."

"그렇긴 하지……."

"근데 진짜 순삭이더라, 오빠."

"그래?"

"웅, 완전 깜짝 놀랐다니까."

무혁이 피식하고 웃었다.

"두 사람도 이겨야지."

"당연하지!"

"나도 힘낼게, 걱정 마."

소소하게 대화를 나누며 경기를 감상하다 보니 어느새 D조의 차례가 왔다.

1, 2번에 속한 유저의 싸움이 끝나고.

"갔다 오마!"

강철주먹, 성민우가 대련장에 올랐다. 대회가 있기 전, 퀘스트를 깨면서 새로운 정령 소환을 배운 덕분에 소환수의 숫자가 대폭 증가했다. 기존에는 메인이 되는 4마리와 거기서 파생된 2마리씩의 작은 정령까지, 그러니까 총 12마리가 전부였었다.

그러나 지금은 그 숫자가 3배 이상으로 늘어났다. 메인이 되는 정령이 8마리였고 거기서 파생된 4마리씩의 작은 정령들을 합쳐 총 40마리를 다루게 된 것이다.

"크흐흐."

성민우가 비열하게 웃으며 정령을 내보냈다.

"아, 어스. 너는 남고."

어스를 방패막이로 삼아, HP를 유지한다. 정령으로 적대 유저의 생명을 갉아먹고.

"오오, 빠른데?"

기회를 엿보며 피하는 것에 집중했다.

"으아아아, 젠자아아앙!"

적대 유저가 흥분에 이성을 잃었다고 판단되는 순간.

지금!

성민우가 그에게 다가갔다.

정령 파이터. 정령을 다루긴 하지만, 그렇다고 근접전이 약한 건 절대로 아니었다. 정령과의 연계로 오히려 그 존재감이 몇 배는 더 증가하는 직업이었다.

콰아아앙!

바로 지금처럼 말이다.

"*끄어어업!*"

상대 유저가 몇 번 버티지도 못한 채 바닥을 굴렀다.

이어지는 연계 스킬. 뭔가 번쩍하는 것 같더니 끝이 났다.

-네! 강철주먹 님이 승리하였습니다!

어렵지 않은 승리였음에도.

"우오오오!"

성민우는 함성을 내질렀다.

⬤

예린도 처음 대결은 순조롭게 승리하면서 전부 32강에 진출했다. 한 번만 더 이기면 16강에 오르는 것이고. 거기서 또 승리하면 최종 8인에 속해 포르마를 대표하는 유저가 될 것이다.

"두 번만 이기자, 두 번."

"좋지."

속도가 한층 빨라졌다. A조의 2번, 4번 유저가 대결을 펼치고 나니 곧바로 무혁의 차례가 되었다.

-그럼, 시작하겠습니다.

이번에 싸우게 될 상대 유저도 그리 강해 보이지 않아 소환은 하지 않기로 했다. 무혁은 시작과 동시에 화살을 연이어서 날렸다.

팡, 파바바방!

풍폭은 기본적으로 걸려 있었고, 거기에 강력한 활쏘기, 유도화살, 멀티샷, 갉아먹는 화살비, 파천궁술 1, 2, 3초식이 추가로 깃든 상태였다.

힘이 너무 과했던 걸까.

-아, 이거…… 당황스러운데요? 끝났습니다. 경기가 진행된 시간은 단 2초! 다시 한번 최단 기록을 경신하는 순간입니다!

이번에도 무혁의 압승이었다.

백랑이 나왔다. 유저들의 표정이 순간 가라앉는다. 분위기도 차가워졌고. 그에게 집중하고 있다는 증거였다.

-대결을 시작하겠습니다!

가볍게 지면을 밀어내며 다가가는 백랑. 그의 주먹이 상대방에게 꽂혔다.

"쿠헉……!"

밀려나는 사내를 따라가며 품으로 파고든 후 어깨로 밀어쳤다. 이후 복부를 밀어내고 목, 어깨, 쇄골, 옆구리, 허벅지를 가볍게 두드렸다. 한참이나 흔들리던 상대 유저는 경악한 표정과 더불어 희미해졌다.

-아, 끝났습니다! 7초입니다, 7초! 엄청난 속도군요!

그 역시 상당한 주목을 받았다.

스윽.

그가 대련장 위에서 무혁을 쳐다봤다. 무혁도 그를 바라봤다.

얽히는 두 사람의 시선. 그 모습이 방송을 타고 흘러나가자 순간 시청률이 폭증했다. 두 사람을 다룬 기사가 인터넷을 도배했다.

[제목 : 지난 최강자전의 라이벌, 무혁과 백랑!]

[내용 : 500명 데스매치, 4명이 남을 때까지 치열하게 싸워야 했던 지난 포르마 최강자전의 예선전. 그곳에서 만난 무혁과 백랑.

그때는 유저 무혁이 승리를 가지고 갔으나 대결을 봤던 이들은 누가 이겨도 이상하지 않았을 거라며 해당 전투를 회상했다. 시간이 지난 지금 떠올려 봐도 기억이 선명할 정도로 깊은 인상을 남겼던 두 사람이, 지금 서로를 마주 보며……]

┗**오, 백랑! 기억난다!**

┗**최상위 랭커는 아닌데 이상하게 센 유저임.**

┗**그냥 센 정도가 아닐걸요?ㅋㅋㅋ**

└ㅇㅇ, 좀 심하게 세죠.

└크, 재밌겠네. 과연 무혁 님한테 얼마나 버티려나?

└이길 수도 있음.

└엥? 설마……!

└스킬 보니까 대규모에 특화된 것 같음.

└호오.

└동시에 파괴력도 장난 아니고. 무엇보다 마음만 먹으면 은 범위에 대미지를 집중시킬 수 있는 것 같더군요. 예선전부터 자세하게 살펴온 터라 확실함!

└기대감 상승하게 만드네, 이 사람이!

└어서 싸우자!

└가즈아아아아아!

자연스럽게 거기서 파생된 기사가 쏟아졌다.

[백랑, 무혁. 대결 펼쳐지나?]

[백랑 VS 무혁, 승자는?]

└아, 기사 발로 쓰시나?

└한심하네요……. 포르마 대륙 대표 뽑는 건데, 대결은 무슨……?

└조가 멀어서 못 붙습니다. 좀 알고나 쓰세요.

그러나 안타깝게도 백랑과 무혁의 대결은 끝내 성사되지 않았다. 서로의 조가 꽤 떨어진 탓이었다. 많은 사람이 아쉬워하는 와중에 들린 희소식. 그것은 두 사람 모두 최종 8인에 들었다는 것이었다.

[치열한 대결, 미뤄지다!]
[아쉬운 결말?]
[기대되는 대륙 최강자전!]

솟구치는 인터넷 기사가 지난 내용들의 무지함을 덮기 시작했다.

백랑, 스카이, 지로, 검사, 진후, 강철주먹, 예린, 무혁.
포르마 대륙 대표자 명단이었다. 하루를 쉬고 그다음 날, 대결이 펼쳐졌던 장소로 대표자 여덟 명이 모였다.
-지금까지는 경쟁의 상대였다면 대륙 최강자전에서는 얼마나 잘 협동하는지 보게 될 겁니다. 물론 마지막에 이르러서는 최후까지 남은 자들의 싸움이 되겠지만 그전까지는 협력해야만 살아남을 수 있다는 점, 기억해 주시길 바랍니다!
운영자가 힘차게 외쳤다.
-그럼, 지금 바로 대륙 최강자전이 열리게 될 공간으로 이동하겠습니다!

동시에 공간이 바뀌었다. 우측 정면, 좌측 정면. 두 그룹이 눈에 들어온다.

"오, 쟤들이랑 싸우는 건가?"

"아마도."

투명한 막이 있어 다가가지는 못했지만 저들이 카이온 대륙과 그라칸 대륙을 대표하는 유저일 게 분명했다.

-모두 모이셨군요. 20분간 휴식을 취한 뒤 대륙 최강자전의 서막을 알리는 첫 번째 대결을 시작하도록 하겠습니다. 일단은, 충분히 쉬면서 정비를 끝내주시길 바랍니다!

주어진 시간은 20분. 물론, 이미 정비를 마치고 왔기에 이제야 황급히 움직이는 이는 없었다.

이어지는 침묵.

"크흠, 저기 들어보니까 협력해야 할 것 같은데 인사라도 나눌까요?"

"으음. 그럴까요?"

"하하, 네. 전 강철주먹이라고 합니다."

성민우가 나서서 인사를 하자 뒤이어 예린이 고개를 살짝 숙였다.

"예린이라고 해요."

"저는 무혁입니다."

유명한 삼인방이었기에 다들 고개를 끄덕였다.

"무인, 백랑이오."

생김새나 하는 행동, 말투조차 정말로 무인처럼 느껴지는 유저, 백랑이었다.

가장 마지막에 자기소개를 할 줄 알았는데 아니었다.

"잘 부탁하겠소."

뒤이어 스카이, 지로, 검사, 진후가 소개를 이어갔다.

"직업은 고루 분포된 편이네요."

"물론 사제는 없지만요."

"뭐, 그건 다른 대륙도 마찬가지겠죠."

성민우가 웃으며 끼어들었다.

"근데, 이거 상황 보니까 팀전은 나올 거 같죠?"

"아, 저도 그 생각은 했어요."

"만약 팀전이 펼쳐진다고 가정하면, 아무래도 전략을 세우는 게 중요할 것 같은데……."

"그렇게 보이는군요."

"그럼 간단하게라도 얘기를 나눠볼까요? 팀전에 대해서."

모두 수긍하는 표정이었다.

이어지는 대화.

"흠, 그러면 이런 상황이면……."

"괜찮은데요?"

나쁘지 않은 분위기로 20분을 알차게 사용했다.

-자, 주목해 주십시오!

때마침 운영자가 나타났다. 시선이 그에게 집중되었다.

-첫 번째 대결을 시작하도록 하겠습니다! 예상하셨을지도 모르지만, 이번 대결은 팀전입니다! 각 대륙에서 대표자가 2명

씩 나와 겨루게 되는데 총 4차전까지 진행이 됩니다. 좀 더 자세히 설명드리겠습니다.

모두 숨을 죽이고 그의 말에 귀를 기울였다.

-예를 들어 1차전에선 카이온 대륙의 유저 2명, 포르마 대륙의 유저 2명, 그라칸 대륙의 유저 2명이 대결하게 됩니다. 같은 대륙에 속한 유저는 당연히 한 팀이 되겠죠? 이 여섯의 유저 중 최후까지 살아남은 1인과 같은 대륙의 유저까지 두 사람이 모두 승리자가 됩니다. 패배한 4명은 같은 대륙원끼리 싸우게 됩니다. 거기서 승리하면 다음 본선으로 진출하게 되는 거죠.

고개를 끄덕이는 유저들과 그 모습을 확인하는 운영자.

-이렇게 1차전이 끝나면 같은 방식으로 2차전이 이어집니다. 총 4차전으로 진행이 되며 팀원은 랜덤으로 정해집니다! 참, 그리고 다음 대결에서는 같은 대륙의 인원이 많아야 더 유리하다는 점을 알아두시길 바랍니다! 부디, 같은 대륙 유저가 최대한 많이 통과하기를 기도하세요! 혹시, 질문 있나요?

누구도 손을 들지 않았다.

-그럼, 대결을 시작합니다. 1차전에 참여하실 유저의 닉네임을 호명하겠습니다! 포르마 대륙의 백랑 유저! 예린 유저!

두 사람이 몸을 일으켰다.

"갔다 올게."

"고생!"

"이기고 와."

"걱정 마."

차라리 잘되었다는 생각이 들었다. 실력은 좋으니까. 허무하게 패배하는 일은 없으리라.

-카이온 대륙의……!

나머지 두 대륙의 대표자 두 명도 뽑혔다.

-그럼, 재밌는 대결이 되기를!

총 여섯의 유저가 사라졌다.

-자, 남은 분들은 1차전을 재밌게 감상해 주시면 됩니다.

그와 함께 중앙에 홀로그램이 떠올랐다.

화면은 총 3개. 낯선 공간에 떨어진 그들의 표정이 가장 먼저 눈에 들어왔다.

◉

백랑은 덤덤했고 예린은 잠시 당황했지만 빠르게 냉정을 찾았다.

"저기, 움직일까요?"

"기다리는 게 좋을 것 같소."

"음, 그래요."

예린은 백호를 불러 사방으로 퍼뜨렸다. 최소한의 대비였다. 하지만 무작정 기다리자니 시간이 지날수록 조금씩 초조해졌다.

"후우."

하지만 백랑과 떨어지는 건 절대 안 되는 일. 인내하며 견렸다.

그 순간 멀지 않은 곳에서 전투 소리가 들려왔다.

스윽.

백랑의 고개가 처음으로 움직인 순간이었다.

"가보는 게 좋겠소."

"아, 좋아요!"

그곳으로 나아가던 중 예린이 고개를 갸웃거렸다.

"잠시만요."

"왜 그러오."

"갑자기 조용해졌잖아요."

"……!"

백랑의 미간이 꿈틀거렸다.

"백호로 확인 좀 해보죠."

"그리시오."

상황 파악을 위해 백호 한 마리를 소리가 났던 곳으로 보냈다. 시야 공유 스킬로 상황을 주시하는 예린. 그녀의 눈동자가 예리하게 빛났다.

"대기하고 있네요."

"무슨 소리요?"

"타 대륙 유저 네 명이 동맹을 맺고서 대기하는 중이에요."

"그 말은……."

"우리를 먼저 치겠다는 거죠."

그 말에 백랑의 입꼬리가 올라갔다. 재미난 장난감을 발견한 어린아이처럼 비틀린 미소로 읊조리는 백랑.

"재밌겠군."

"네?"

"어서 가는 게 어떻겠소."

"아니, 제 말을 뭐로 들은 거죠?"

"난 그저 싸우고 싶을 뿐이오."

백랑은 당당하게 걸음을 옮겼고 예린은 깊은 한숨을 내뱉으며 거리를 조금 벌린 채로 그의 뒤를 따라갔다.

주변에는 경계를 위해 백호를 풀어놓았다. 예린의 표정에는 긴장감이 가득했다. 마지막 8인에 속할 정도의 실력자들이 모인 상황인 까닭이다.

게다가 4대2라니. 백랑의 행동도 썩 마음에 들진 않았다. 그래도 어쩔 수 없는 일. 떨어지는 것보다는 훨씬 나을 터였다.

"자신은 있어요?"

"물론이오."

"하, 좋아요. 가보자고요."

머지않아 네 명의 유저가 눈에 들어왔다.

"저기 있네요."

백랑은 미소를 머금은 채 속도를 높였다. 예린은 그 자리에 멈춘 후 백호를 지휘하는 것에 집중하기로 했다. 물론 만약을 대비해 두 마리는 남겨놓았다. 그래도 강화도가 높은 17마리의 백호라면 백랑에게 충분히 도움이 될 터였다.

저벽.

물론 그런 부분에는 조금도 신경 쓰지 않은 채 거리를 좁힌 백랑이 주먹을 가볍게 쥐었다. 순간 그의 상체가 앞으로 쏠렸고 가볍게 내디디고 있다고 여기는 순간, 지면이 상당한 깊이로 눌렸다.

고막을 찢어버리는 소리가 이명처럼 들려왔다.

순간 백랑의 몸이 늘어났다. 아니, 그렇게 보였다.

어느새 그는 적대 유저 네 명의 앞에 당도했고 내뻗은 주먹이 그들을 가격하고 있었다. 거짓말처럼, 네 사람이 뒤로 주르륵 미끄러졌다.

백랑은 정면에 위치한 이에게 달려들었고 백호는 퍼지면서 나머지 셋을 포위했다.

순식간에 이뤄진 협력.

예린은 최선을 다해 백랑을 도왔다.

그 효과가 나타났음인가.

쾅, 콰아아앙!

백랑 홀로 순식간에 유저 한 명을 처리했다.

"약하군."

그는 몸을 돌려 다른 이에게 달려들었다.

이번 상대는 무투가. 그는 손과 발을 섞어가며 백랑을 매섭게 몰아쳤다. 정면에서 주먹을 연이어 뻗고, 측면으로 이동해 어깨로 부딪히고 무릎으로 찍어 올린다. 그것만으로도 부족했는지 후방을 장악해 허리를 부여잡고 넘어뜨리려고도 해봤다.

그러나 백랑은 그 자리에서 한 걸음도 움직이지 않았다.

"이, 미친······!"

뿌리를 깊게 내린 거목인 양 제자리에서 태연하게 사내의 공격들을 피하거나 막았다.

"역시, 그냥 그렇군."

아쉬운 표정을 숨기지 못한 채 백랑이 진각을 밟았다.

쿠구구궁.

들썩거리는 지면. 그 강력한 힘에 무투가는 자연스럽게 균형을 잃었고 번개처럼 이어진 백랑의 공격에 속수무책으로 당했다.

남은 것은 둘. 마침 두 명의 유저 모두 예린의 백호를 처리한 상태였다.

"젠장!"

둘은 동시에 백랑에게 달려들었다.

"오호."

처음으로 백랑이 감탄했다. 생각보다 괜찮은 연계기. 게다가 둘이서 치고 들어오는 타이밍이 좋았다.

"이제야 할 만하군."

웃으며 본격적으로 움직이는 백랑. 예린은 호위를 위해 남겨두었던 두 마리의 백호와 함께 뒤에서 그 모습을 지켜봤다.

세기는 세구나.

하지만 곧 예린이 콧방귀를 뀌며 중얼거렸다.

"흥, 그래도 우리 오빠가 최고라구."

콰아아앙!

전투가 마무리되었다. 백랑의 승리였다.

●

백랑과 예린은 통과자 그룹에 섰다. 탈락한 카이온과 그라칸 대륙의 유저 네 명은 대련장 아래에서 대기하는 중이었고.

-네, 아쉽게도 패배한 두 대륙의 대표들은 조금 전까지 함께 싸웠던 동료와 대결을 해야 합니다. 다음 라운드에 진출할 수 있는 건 한 사람뿐! 그럼 먼저 카이온 대륙의 두 분, 올라오시길!

카이온 대륙의 두 유저가 대련장으로 오른다.

-그럼, 대결을 시작해 주십시오!

이윽고 펼쳐진 치열한 접전 끝에 승리를 가져간 건 무투가 유저였다.

"후아."

그는 기쁨을 만끽하며 통과자 그룹으로 향했다.

-네, 다음은 그라칸 대륙 유저 두 분, 올라오십시오!

둘의 전투가 시작되었다.

쾅, 콰과과광!

패배한 대륙들의 대결이 끝났다. 그것은 승자와 관람객들에게 재밌는 눈요기가 되었다.

-보셨다시피 승리한 팀은 편안한 관람을, 패배한 팀은 동료

와 다시 다음 라운드 티켓을 위한 치열한 대결을 하게 됩니다. 부디 동료와 협력하여 어려움을 헤쳐 나가길 바랍니다.

지체 없이 2차전이 이어졌다.

-그럼 2차전을 시작하죠. 포르마 대륙의 무혁 유저! 강철주먹 유저!

호명된 두 사람이 대련장에 올랐다.

"오, 같은 팀이네?"

"운이 좋은데?"

"크흐, 완전 꿀인데? 너만 믿는다."

성민우의 정령 역시 한층 더 강해진 터라 전투가 꽤나 여유로울 것 같았다.

-그라칸 대륙의 아스라한 유저, 루돌프 유저!

순간 무혁의 고개가 돌아갔다.

"어……?"

올라오는 두 사람이 투구를 벗었다.

"크흠, 오랜만이에요, 형."

"너, 뭐야? 왜 그라칸 대륙에서 튀어나와?"

"대륙 전쟁에 참여했다가 귀족 자리를 얻었거든요. 어쩌다 보니 그라칸 대륙 소속으로 참가하게 되었네요."

"허어."

"아, 젠장. 하필이면 근데 형이랑 부딪히다니."

"그러게. 안타깝네."

"하, 그래도 쉽게 당하진 않을 거예요! 우리도 엄청 성장했으니까!"

옆에 있던 아스라한이 고개를 끄덕였다.

"성장했으니, 도전한다."

"어디서 반말이야? 전에 얘기했던 것 같은데."

"도, 도전할게요."

"그래, 열심히 해봐."

그사이 카이온 대륙의 대표까지 호명이 완료되었다.

-그럼 건투를 빕니다!

여섯 사람이 빛에 휩싸이며 사라졌다.

달라진 풍경.

무혁은 스켈레톤을 소환했고 성민우는 정령을 불러냈다.

"느긋하게 가자고."

"좋지."

질 거라는 생각은 들지도 않았다. 물론 방심은 금물이지만.
그래도 격차가 있는 건 사실이었으니까.

예상했던 상황이 펼쳐졌다. 카이온 대륙의 대표 두 명은 이
미 사망했고, 아스라한과 루돌프 두 사람만이 남아 스켈레톤
의 포위망에서 몸부림치고 있었다.

"으윽, 제에에엔장!"

"허억, 허억. 치, 치사하다! 1대1로 겨루자!"

"또 반말이냐?"

"겨, 겨루죠!"

"흐음."

아스라한을 바라보던 무혁이 고민에 빠졌다.

"굳이……?"

어차피 붙어봐야 결과는 명확했다.

압도적인 승리. 그러니 귀찮음을 감수할 이유가 없었다.

"다음에 놀자."

그 말과 함께 총공세를 펼쳤다.

결국 버티지 못한 아스라한과 루돌프가 사라지는 것으로 2차전이 막을 내렸다.

-네, 역시 무혁 유저! 대단한 실력입니다! 그럼, 승리하신 두 분은 통과자 그룹으로 가주십시오.

통과자 그룹에 먼저 와 있던 예린이 격하게 반겼다.

"오빠!"

"고생했어."

"조금 고생하기는 했지, 헤헤."

슬쩍 백랑을 쳐다보는 예린. 그 모습에 무혁이 웃었다.

-자, 그러면 탈락한 네 분의 대결을 시작하겠습니다. 먼저, 그라칸 대륙의 아스라한 유저, 그리고 루돌프 유저. 준비해 주십시오!

"하, 제길. 별수 없지, 일단 최선을 다하자."

"알겠다."

"무조건 반땡인 건 알지?"

"안다."

누가 올라가더라도 반씩 나누기로 합의를 한 상태. 그러나 막상 대결이 시작되자 둘은 필사적이 되었다. 나눈다고는 하지만 그래도 선점할 수 있는 권한이 있었으니까.

"좀, 죽어달라고!"

"너야말로!"

루돌프의 화살은 빨랐고, 아스라한의 움직임은 그림자와 같았다.

빠르게, 더 빠르게.

둘은 전력으로 움직이며 서로의 틈을 노렸다.

평소의 습관까지 겨냥하면서.

"이 치사한 새끼가……!"

"너야말로!"

"그 말밖에 모르냐!"

"모른다!"

왠지 모르게 유치한 접전 끝에 승자가 정해졌다.

"후아, 흐아."

루돌프였다.

"진짜 끈질기네. 아무튼 내가 이겼으니까 넌 대기나 해."

"후, 알았다. 알지?"

"알아. 내가 보상 제대로 된 거 챙길 테니까 걱정 말고."

뒤이어 휘둘러진 루돌프의 활이 아스라한의 머리를 가격했다. 희미해지며 사라지는 아스라한.

─승자는 루돌프 유저! 루돌프 유저님은 통과자 그룹으로 이

동해 주십시오.

루돌프가 다가왔다.

"이겼네."

"뭐, 다음이 문제죠. 하필이면 형이란 다른 대륙이라."

"그러게. 같은 대륙이었으면 재밌었을 텐데."

"쩝, 저도 아쉽네요. 괜히 그라칸 대륙에서 작위를 얻어
서는."

루돌프가 고개를 저었다. 무혁은 가볍게 어깨를 두드렸다.

"갈 때까진 같이 가보자."

"그래야죠."

그사이 카이온 대륙 유저의 대결도 끝났다.

이어지는 3차전, 그리고 4차전. 최종적으로 오르게 된 이들
은 총 16명으로, 포르마 대륙이 7명, 카이온 대륙은 4명, 그리
고 그라칸 대륙이 5명이었다.

-대륙 최강자전의 두 번째 대결을 시작하기에 앞서! 룰을 먼
저 알려 드리겠습니다.

운영자가 천천히 설명을 이어갔다.

-이전에 말씀드렸다시피 이번 대결은 같은 대륙의 인원이 많
을수록 유리합니다. 몬스터를 보다 많이 사냥하는 것이 이번
대결의 주된 목표이기 때문이죠. 가장 많은 몬스터를 처치한
대륙의 유저는 전부 다음 대결로 진출하게 되며, 그렇지 못한
두 대륙은 데스매치를 통해 통과자를 가릴 것입니다.

설명을 들은 유저들은 이번 대결에서 승리를 잡기 위해 나

름대로 작전을 계획하기 시작했다.

-자, 일단은 몬스터 사냥에 집중해 주시길 바라며! 두 번째 대결을 시작하겠습니다!

운영자의 선언과 함께 16명의 유저가 빛에 휩싸였다.

낯선 공간.

포르마 대륙의 유저 7명이 주변을 훑는다. 대륙별로 나뉜 덕에 적 유저는 보이지 않았다.

"저기 점들이 다 몬스터인 건가요?"

"그런 것 같네요."

"꽤 많기는 하네요."

그러나 걱정하는 사람은 한 명도 없었다.

"준비하죠."

무혁은 스켈레톤을 소환했고, 예린은 백호를, 성민우는 정령을 불러냈다. 나머지 유저들도 각자만의 준비를 마쳤다.

"옵니다."

곧이어 무수한 몬스터들을 가볍게 짓이기기 시작했다.

일루전 기업의 회장, 하건석.

임원들과 함께 방영되고 있는 대륙 최강자전을 시청했다.

본선 2차전. 포르마 대륙의 압도적인 기량을 눈에 담는다.

"남성아."

"예, 회장님."

"어때 보이지?"

둘째 아들, 하남성이 침을 삼켰다.

"크흠, 포르마 대륙이 가장 뛰어나군요."

그에 임원들이 맞장구를 쳤다.

"맞아요. 게다가 우리나라 유저가 가장 많죠. 자랑스럽습니다."

"수준이 다르다고나 할까요."

"포르마 대륙에서 승자가 나올 것 같습니다."

그 말에 하건석이 눈썹을 꿈틀거렸다.

"내가 그걸 물었더냐?"

"예? 그러면……."

"주주총회에서 만나지 못했던 인물, 벌써 잊어버린 거냐?"

"아뇨, 그럴 리가요."

대답을 하던 하남성의 표정이 순간 굳어졌다.

"어? 설마……."

"쯧, 아직도 모르고 있었더냐."

"저, 정말입니까?"

"그래."

그 무혁이 설마 일루전의 랭커 2위와 동일 인물인 줄은 몰랐다. 물론 자세하게 알아보지 않은 그의 탓이겠지만. 중요한 것은 무혁이 지금, 화면에서 맹활약하고 있다는 사실이었다.

주주총회, 그날은 둘째인 하남성에게 명백한 기회였다.

빌어먹을.

그러나 이미 놓쳐 버렸다는 사실을 뒤늦게 깨달았다.

무혁이라는 떡이 더 아까워 보였다.

"신중하거라, 매사에."

"예……."

"그리고, 첫째야."

"네, 회장님."

"너는 실수하지 말아라."

"알겠습니다."

"그래, 계속 보자꾸나."

몬스터가 어느새 겹겹이 쌓여 공간을 빼곡히 채웠다. 곧 이어진 각종 스킬이 몬스터를 삭제하듯 지워 버렸으나 그 공간은 다시 몬스터로 가득해졌다. 다시금 날아든 스킬이 녀석들을 먼지로 만들었다.

그 반복의 대결.

그러나 아래에 떠오르는 자막은 분명히 말하고 있었다.

-포르마 대륙 포인트 : 7,812

-카이온 대륙 포인트 : 6,119

-그라칸 대륙 포인트 : 6,598

포르마 대륙의 압도적인 힘을 말이다.

대략 20분가량 전투가 이어졌다.

"크흐! 이거 생각보다 스트레스 풀리지 않나?"

"어, 엄청 재밌는데!"

"나두! 최고야, 최고!"

무혁과 예린을 포함하여 포르마 대륙 유저 전원이 입가에 진한 미소를 머금은 채 학살을 행하는 중이었다.

몬스터는 마치 과자처럼 바스라졌고, 그 과정에서 느껴지는 손맛이 상당했다. 자연스럽게 무혁도 직접 움직이는 상황이었다.

풍폭, 풍폭……!

이리저리 움직이며 검을 휘두른다. 그때마다 희열이 올라왔다. 진정한 몰이의 재미를 느끼는 순간이었다.

"으하하하하!"

"죽어라, 죽어!"

다들 살짝 맛이 간 표정이었다. 그 정도로 즐거웠기에.

이 상태가 좀 더 오래 이어지기를 희망하는 순간, 몬스터가 거짓말처럼 사라졌다.

"어……?"

"아, 왜! 조금만 더 하지……!"

"크흠!"

하나같이 불편한 심경을 토로했으나 정해진 시간은 연장 없이 끝나 버렸다.

-자, 여기까지입니다!

어느새 그들은 익숙한 공간으로 다시금 돌아왔다.

-다들 정말 쉬지 않고 열심히 사냥을 해주시더군요. 자, 어느 대륙이 가장 높은 점수를 받았을지 확인해 볼까요?

홀로그램으로 떠오른 세 개의 대륙, 오른쪽에서 돌아가는 숫자들.

티리리리릭.

빠르게 돌아가던 숫자판 소리가 하나씩 멈추었다.

모든 단위의 숫자판이 정지했을 때.

-아, 결과가 나왔습니다! 포르마 대륙의 사냥 점수가 가장 높습니다! 꽤 많은 차이로 압도적인 1위를 차지하였군요. 포르마 대륙 유저분 전원 통과하셨습니다!

승자의 기쁨 뒤, 패자의 결투가 남았다.

-그럼 이제부터 나머지 대륙에서 살아남을 유저를 뽑도록 하겠습니다! 룰은 간단합니다. 데스매치! 카이온 대륙의 유저는 넷, 그라칸 대륙의 유저는 다섯, 총 아홉의 유저 중 살아남은 다섯 명의 유저가 다음 라운드로 진출하게 됩니다. 그럼 행운을 빕니다!

빛이 뿜어지며 아홉 명의 유저가 대결 장소로 전송되었다.

치열한 접전 끝에 데스매치가 마무리되었다. 최종적으로 데스매치에서 살아남은 이들은 카이온 대륙의 유저가 1명, 그라칸 대륙의 유저가 4명이었다.

-이거, 이거, 포르마 대륙이 너무 압도적인데요? 흐음, 그렇다고 룰을 바꿀 순 없겠죠. 아무쪼록 모두 힘내주시길 바라며, 지금부터 3차전을 진행하도록 하겠습니다!

이번에는 어떤 방식의 대결일지 살아남은 12명의 유저가 운영자의 말에 귀를 기울였다.

-3차전은 대륙과 관계없이 오직 개개인의 역량을 시험할 수 있는 아주 좋은 기회입니다. 이곳에서 높은 점수를 획득한 최종 8인이 최후의 대결을 펼치게 될 것입니다! 종목은 간단합니다! '대미지를 높여라'입니다!

대미지를 높여라. 종목의 이름을 듣는 순간 어떤 것인지 대략 가늠이 되었다.

재밌겠는데.

그 순간 정면에 문이 두 개 생겨났다.

-이번 대결에선 순간 대미지를 측정하여 순위를 정하게 될 겁니다. 이 앞에 생성된 문이 보이시죠? 1번 문에서는 모든 스킬을 활용할 수 있습니다. 즉, 소환수를 불러내 함께 공격하는 것도 가능합니다.

누군가 손을 들었다.

"소환수를 사용하면 너무 유리한데요?"

-좋은 질문이십니다. 안 그래도 이제 설명드리려고 했습니다. 문이 두 개라는 건 각 문에서의 측정 방법이 서로 다르다는 거겠죠? 2번 문에서는 오직 본 캐릭터의 파괴력만을 측정하게 됩니다.

"둘 중 하나만 이용하면 되나요?"

-아니죠, 아니죠. 그렇게 쉬울 리가 없잖아요? 두 문을 모두 이용하셔야 합니다. 1번에서 얻은 점수와 2번에서 얻은 점수를 합한 뒤, 반으로 나눈 값이 최종 점수가 됩니다. 이해되셨나요? 혹시 잘 모르겠다 싶은 분은 지금 손을 들고 질문을 해주시면 됩니다.

유저들이 고개를 끄덕였다. 모두 이해를 한 표정이었다.

-그럼, 1번 문으로 먼저 들어가 주십시오.

문이 열린 1번 문.

12명의 유저가 전부 그곳으로 들어갔다. 꽤나 넓은 홀이 보이고 그 중앙에 사람 크기의 표적이 있었다.

-표적이 보이시죠? 호명하는 순서대로 표적에 대미지를 입혀주시면 되겠습니다. 시간은 단 5초. 그 안에 가능한 모든 힘을 이용해 최대한 많은 대미지를 입혀주길 바랍니다! 그러면 첫 번째로 백랑 유저, 나와주십시오.

무인, 백랑이 앞으로 나섰다.

-준비는 되셨죠?

"충분히."

-앞에 서주시기 바랍니다. 셋을 세고 시작하겠습니다.

5초의 제한시간.

-3, 2, 1. 시작.

그 안에 보여줘야 할 최고의 대미지를 위하여 백랑은 폭발적인 연계기를 꺼내 들었다.

펑, 펑, 퍼버버버벙!

표적 중앙에 수치가 나열되었다.

20,921, 36,329, 52,177……!

엄청난 속도로 숫자가 증가하기 시작했다.

7만, 10만, 15만. 이윽고 30만에 도달했으나, 아직도 5초라는 시간은 전부 지나지 않은 모양이었다. 이어지는 폭발에 진동이 느껴지고, 그 여파에 심장이 쿵쾅거릴 때.

-그만!

수치가 고정되어 멈췄다.

-대단하군요. 정말 대단해요! 5초라는 짧은 시간 동안 무려 47만 8,512의 어마어마한 대미지를 입혔습니다! 과연 다음 유저는 어떨지 기대가 됩니다. 그럼, 두 번째로 크로티바 유저, 앞으로 나와주십시오.

크로티바의 표정이 굳어진다.

-아, 백랑 유저의 기세에 눌리신 건가요? 시작부터 표정이 좋지 않으시군요. 그래도 최선을 다해주시길 바랍니다. 그럼, 3초 뒤에 공격을 개시해 주면 되겠습니다. 3, 2, 1. 시작!

크로티바 유저의 공격이 시작되었다. 거대한 대검이 공간을 가른다.

콰아아아아앙!

속도를 느렸으나 한눈에 봐도 파괴력이 높아 보였다.

콰앙, 콰드득, 쿠와앙!

그러나 공격 자체는 많지 않았다. 총 일곱 번의 가격.

-아, 끝났군요! 속도는 느리지만 파괴력은 아주 좋아 보였는데요. 그러나 안타깝게도 피해량이 백랑 유저와 차이가 조금 납니다. 총 대미지량은 34만 5,300입니다!

백랑에 이은 2위였으나 사실상 그와 너무 큰 차이가 있기에 다들 기대를 품었다.

-다음은 예린 유저!

그녀는 당연히 백호를 전부 불러냈다.

-오오, 아주 늠름합니다. 총 19마리나 되는데요. 숫자가 많으니 자연스럽게 기대가 되는군요.

운영자가 마찬가지로 3초를 세고 시작을 외침과 동시에 앞쪽에서 표적을 둘러싸고 있던 백호가 맹렬히 앞발을 휘둘렀다.

퍼어억!

뒤쪽에 위치하고 있던 백호는 뛰어올라 공격을 시도했다. 예린은 뒤에서 아이스 계열의 마법을 빠른 속도로 날려 보냈다.

생각보다 화려한 모습이 이어졌다. 대미지 역시 심상치 않았다.

-아, 꾸준해요. 꾸준합니다!

백호들이 한 번씩만 가격해도 19번의 공격이었으니 당연했다. 게다가 예린도 무혁에게 장인의 강화로 아이템 옵션을 대폭 상승시킨 덕분에 마법의 대미지가 상당했다.

두 가지가 절묘하게 조화를 이룬 덕분에 대미지량이 무서운 속도로 상승했다.

116,218, 121,359, 125,423, 129,976……!

아직도 3초가 넘게 남은 상태였다.

14, 15, 16, 17만. 25만에 도달했을 무렵에도 2초의 여유가 있었다.

-자, 여기까지! 예린 유저, 대단하군요. 대미지량이 45만 3,561입니다! 크로타바 유저를 앞지르고 2위에 오릅니다! 아, 백랑 유저와도 큰 차이가 없지만 아쉽게도 제치지 못했습니다.

다음은 루돌프, 이어서 남은 유저들의 차례가 흘러가고.

-네, 벌써 9번째군요. 강철주먹 유저, 나와주십시오!

성민우의 차례가 되었다.

"정령 소환."

무려 40마리의 정령이 나타났다.

-아름답군요. 자, 강철주먹 유저. 최선을 다해주시길 바라면서. 3, 2, 1, 스타트!

시작과 동시에 연계 공격이 펼쳐졌다. 정령과 성민우, 둘의 환상적인 호흡에 넋이 나갈 지경이었다.

움직임이 흘러가는 물처럼 부드러웠고 피해를 줄 때마다 터져 나오는 이팩트의 색감은 마치 예술처럼 경이로웠다. 그보다 더 놀라운 것은, 끝을 모르고 가파르게 올라가는 대미지 수치였다.

"허어……?"

모두가 놀란 표정을 감추지 못했다.

20만, 25만, 30, 35만. 어느새 40만을 넘어섰지만, 여전히 시간은 남아 있었다.

백랑의 미간이 꿈틀거리는 순간.

-여기까지입니다!

성민우의 공격이 멈췄다.

-대, 대단하군요. 1위, 1위로 올라섰습니다! 무려 71만 5,921의 대미지량을 선보이면서 압도적 1위에 올랐습니다!

적막감이 이어졌다.

"오우, 예!"

성민우의 외침에 침묵이 깨지고.

"좀 나왔네?"

"크크, 당연하지!"

"치, 나보다 순위 높잖아?"

"아무래도 백호는 근접형이니까 불리한 점이 있지."

"그렇긴 하지."

그 순간 무혁의 이름이 불렸다.

"드디어 끝판왕 등장이구만."

"크흠, 끝판왕은 무슨."

"1위 바로 뺏기게 생겼네, 쩝. 그래도 적당히 좀 해라. 다른 유저들 놀란다."

성민우의 말을 가볍게 무시해 준 무혁이 표적 앞에 섰다.

"스켈레톤 소환."

먼저 소환수를 전부 불러냈다.

가만히 기다리니.

-자, 카운트 후에 공격을 해주시면 됩니다.

운영자의 목소리가 들려온다. 그제야 일반 스켈레톤을 희생하여 데스 스켈레톤을 불러냈다.

숫자는 1천 마리. 평소라면 절대 불러내지 않을 숫자였다.

하지만 뭐 어떤가. 지금 필요한 것은 찰나의 순간, 최고의 대미지다. MP가 엄청난 속도로 줄어들고 있었지만 30초 이상은 충분히 버틸 수 있었다.

끝이 아니었다.

데스 스켈레톤 강화. 어차피 효율이 떨어질 거라 여겨지는 아머기마병과 아머나이트 전부를 희생하여 데스 스켈레톤을 강화시켰다.

-어, 그러니까…….

너무 많은 소환수에 잠깐 운영자가 넋을 놓았지만 무혁의 강렬한 시선에 정신을 차리고서는 급히 숫자를 헤아렸다.

-아아, 죄송합니다. 카운트하겠습니다. 3, 2, 1, 시작!

직후 아머메이지의 1, 2차 마법과 기마궁수의 뼈 화살이 쏟아졌다. 뒤이어 데스 스켈레톤이 표적으로 달려들어 자폭을 시작했다.

충분히 거리를 둔 무혁은 화살을 날렸다.

풍폭, 파천궁술 제1초식……!

1, 2, 3초식을 전부 사용하고서 강제로 다시 한번 사용했다.

풍폭, 파천궁술……!

MP의 소모율이 급증했지만 무시했다.

순식간에 5초가 흘러가고.

대미지 수치가 더 이상 상승하지 않음을 확인하고서야 공격을 중단했다. 아쉽게도 자폭하지 못한 데스 스켈레톤이 아직 많이 남아 있었다.

-하, 하하…….

운영자의 허탈한 웃음소리가 들려오고.

"미친……!"

"허, 이거, 참. 할 말이 없구만."

"이게 말이 돼……?"

유저들의 좌절 어린 목소리가 고막을 때린다.

그럴 수밖에 없었다.

-대단하군요, 정말. 할 말이 없습니다.

운영자 역시 다르지 않았기에.

-크흠, 절대 오해는 마십시오. 여기엔 어떤 오류도 없으니까요.

곧바로 무혁의 대미지량을 발표했다.

-무혁 유저, 1위에 올라섰습니다. 147만 3,521.

5초라는 짧은 시간 동안 이뤄진, 기적 같은 수치였다.

충격을 받은 건 이들만 아니었다.

"와, 저거 뭐래?"

"어우, 미친. 소름 돋으려고 하네, 진짜."

세계 곳곳에서 이번 대륙 최강자전을 시청하는 대부분의 사람이 경악했다.

"와, 차이가……."

"좀 심한데?"

"좀이 아니라. 많이, 아니, 아주 압도적이지, 그냥."

"도대체 어떻게 했기에 저래?"

"몰라, 내가 알겠냐."

"크흠, 그래도 재밌기는 하네."

"우리 대륙이 이기고 있어서?"

"어."

"크큭, 그건 나도 동감."

최강자전을 시청하다 보면 자연스럽게 다크에 관한 이야기도 튀어나오곤 했다.

"다크도 나왔으면 재밌었을 텐데."

"뭐 하고 지내려나."

랭킹 1위는 유지 중이니 게임을 하고 있다는 건 명백했다.

그러나 그를 본 사람이 없었다. 그 사실이 정말 의아할 따름이었다.

"흐음, 2번 방에선 힘들겠지?"

"무혁?"

"어."

"그렇지. 1번이야 소환수랑 같이 공격한 거니까 저렇게 압도적인 수치가 나온 거지, 2번 아예 스킬을 사용 못 하잖아? 일단은 직업이 소환 계열이니까 캐릭터 자체의 힘은 안 세겠지."

"별거 없겠네, 그러면."

"아무리 무혁이라도 그렇겠지."

"몇 위나 하려나."

"내기할까?"

"좋지, 치맥 계산하기!"

"콜!"

"난 그래도 5위는 할 거라고 본다!"

"합쳐서?"

"아니, 2단계에서만."

"아하, 그럼 난 2단계에서만 8위!"

"더 가까운 사람이 이기는 걸로?"

"오케이."

흥미를 가득 담아 시선을 고정했다.

─순서는 동일합니다. 헷갈릴 염려는 없겠죠? 자, 그럼 백랑 유저, 잎으로 와주십시오.

그의 피해량도 앞선 것보다는 못했다. 스킬을 사용하지 못하니 당연했다. 그럼에도 멋있었다.

절도가 있었고 그저 움직이는 것뿐임에도 파워가 있었다.

퍽, 퍼버버버벅!

모두들 멍하니 그의 모습을 바라봤다.

"와, 대박이네. 스킬 안 써도 엄청 세구나."

"미쳤네, 진짜."

"근데 피해량은 확실히 저조한데?"

"아무래도 스킬을 안 쓰니까."

"크, 스킬 쓰고 안 쓰고의 차이가 엄청나구만."

"당연한 거 아니겠냐? 특히 저런 직업은 연계 스킬 퍼센티지가 얼만데."

"하긴, 다른 유저는 더 낮겠지?"

"물론."

그때 시간이 종료되었다.

-네, 스킬의 사용 없이 12만 2,100이라는 피해를 입혔습니다! 그것도 겨우 5초에 말이죠. 고생하셨습니다. 첫 번째와 두 번째 피해량의 평균값을 계산해 보겠습니다. 첫 번째 피해량이 47만 8,512였는데요. 두 피해량을 합산하여 나눈 결과는……!

숫자가 핑그르르 돌아갔다.

최종 결과는 30만 306.

상당히 높은 수치로 마무리를 지었다.

-네, 축하드립니다! 다음은 크로티바 유저입니다!

안타깝게도 그의 피해량은 처참한 수준이었다.

최종 결과, 15만 9,211.

"딱 봐도 탈락이네."

"동감."

시청하는 많은 이가 고개를 저었다.

그때 큰 목소리가 들려왔다.

"무혁, 쟤 나랑 동창이잖아, 고등학교."

"오, 그래?"

"그렇다니까. 얼마 전에도 동창회에서 만났거든."

마치 뭐라도 되는 양 어깨에 힘을 잔뜩 주고 있는 사내, 허영 찬이었다. 일루전을 시작한 지 얼마 되지 않았을 때 친구들과 가졌던 모임에서 무혁에게 제대로 굴욕을 맛봤던 그 허영찬. 지금은 마치 그와 오랜 절친이라도 되는 것처럼 자랑스럽게 몇 가지 사건을 떠벌리고 있었다.

"진짜? 무혁 님이랑 친구라고?"

"그렇다니까."

"나 완전 팬인데! 연락 한 번만 해줘라. 목소리만이라도 듣게!"

"야, 저기 안 보이냐? 게임 중이잖아."

"아, 참. 그렇지. 미안, 미안. 그럼 나중에라도……!"

"상황 봐서."

"호호, 고맙다. 이야, 대단하네."

"대단하긴. 뭐, 별거 없어. 고등학교 다닐 때는 나한테 얼마 나 친근하게 구는지. 사실 귀찮았던 적도 있었다니까."

"에이, 설마~"

"진짜야, 내가 예전에는 잘나갔다고."

"그건 알지."

"아무튼, 엄청 친하게 굴기에 불쌍해서 좀 어울려 주다 보니 까 절친이 된 거지."

"오오!"

"뭐, 지금은 무혁 저놈이 게임에서야 조금 잘나간다지만 말이야. 나는 자주 버스도 받고 하니까 아쉬울 게 없지."

"버스 받으면 어떤데?"

"크, 죽이지. 경험치가 아주 그냥 미친 듯이 오른다니까. 상상해 보라고. 수백의 스켈레톤이 사방에서 몬스터를 쓸어버리는데, 리젠이 될 때마다 순식간에 잡아버리는 거야. 당연히 리젠 속도는 높아지게 마련이고, 경험치는 감당하기 어려운 속도로 쌓이고. 나는 올라가는 레벨에 싱글벙글."

"우와……"

"대, 대박이잖아. 진짜."

"그렇다니까."

허영찬이 어깨를 으쓱거렸다. 그때 같은 자리에 있던 한 녀석이 피식하고 웃었다.

"못 들어주겠네, 진짜."

"응?"

"뭔 소리야?"

정말 가끔이지만 아직 무혁과 연락을 주고받는 최철호는 어이가 없을 따름이었다.

"야, 너 예전에 무혁이한테 완전 까였었잖아, 새끼야."

"무, 무슨 소리야!"

"내가 아직 혁이랑 가끔 연락하거든? 어디서 구라야. 듣다 보니까 어이가 없어서 그냥 있을 수가 없네, 진짜."

허영찬이 당황한 표정을 감추지 못했다.

"야, 처, 철호. 헛소리할래? 그만해라."

"뭘 그만해, 새끼야. 내가 무혁이한테 연락해 볼까? 진짜 너랑 친한지?"

"그만하라고."

"없는 소리 좀 작작해라, 알겠냐."

"하, 시발. 진짜."

"뭐, 어쩔 건데."

"알았으니까 그만하라고!"

"진짜 알았냐."

"그래, 알았다고!"

그제야 허영찬을 보는 이들의 시선이 변했다.

"뭐야, 거짓말이었어?"

"참, 나. 어이가 없네."

"하……."

허영찬은 미간을 잔뜩 찌푸리더니 급히 자리를 벗어났다.

남은 이들이 철호에게 다가가기 시작했다.

"그보다, 진짜 연락해?"

"무슨 연락?"

"저 무혁 님이랑……."

"아, 엄청 가끔씩. 그냥 안부 정도만 묻는 사이야. 나도 잘 몰라."

"그게 어디야. 부럽다……!"

작은 소란이 있던 그 사이에도 피해량 체크는 이어졌다.

예린, 루돌프, 나머지 유저들까지.

"오, 민우네."

"어, 강철주먹 님도 알아?"

"알지. 민우랑은 자주 연락하니까."

"이야……!"

"일단 몇 위에 오를지 좀 보자."

성민우가 표적을 가격하기 시작했다.

쾅, 콰과과과광!

정령이 없음에도 불구하고 꽤나 묵직한 소리가 퍼졌다. 화려한 몸놀림, 빠른 공격 속도, 두 가지가 어우러지면서 피해량을 높여 나간다. 물론 정령과 함께일 때와는 비교할 수 없을 정도로 낮은 수치였지만 말이다.

3만, 4만.

어떤 스킬의 사용도 없이 오직 주먹과 발, 그리고 신체를 이용한 가격. 오직 육체의 힘으로만 점수를 높여 나갔다.

5만, 6만……!

-네, 시간이 흘러갑니다! 5초라는 시간은 길지 않습니다!

운영자의 말은 들리지 않았다.

오직 집중.

표적을 바라보며 움직일 뿐이었다.

-자, 끝났습니다! 강철주먹 유저의 피해량은 4만 3,217이군요. 첫 번째 방에서 71만 5,921의 피해량으로 저를 놀라게 했었는데요. 두 피해량의 평균값은……! 네, 37만 9,569입니다! 백랑 유저를 넘어 1위에 등극했습니다!

성민우의 순위를 발표한 후, 운영자의 시선이 무혁에게 고정되었다. 다른 유저들 역시 마찬가지. 모두가 오직 한 사람만을 쳐다봤다.

-오래 기다렸습니다. 이제 아주 기대되는 유저 한 분을 모시도록 하죠.

무혁이 몸을 일으켰다.

-마침 일어나셨군요. 무혁 유저, 나와주십시오.

걸어가면서 그를 쳐다봤다.

"한 가지 물어볼 게 있는데요."

-네, 말씀하십시오.

"소환수를 그냥 불러놓는 것도 안 되나요? 공격은 안 할 겁니다."

-네, 안타깝지만 안 됩니다.

"흐음, 그렇군요."

아쉽게도 속성 타격 효과는 받을 수 없게 되었다.

어쩔 수 없지. 정말 캐릭터만의 힘을 보여줄 수밖에.

뭐, 기대도 되고.

과연 어느 정도의 피해량이 나올 것인가.

-그럼, 시작하겠습니다. 3, 2, 1, 스타트!

무혁은 화살을 빠르게 날렸다. 검을 휘두르는 속도보다는 화살을 날리는 속도가 더 빨랐기에 선택한 공격 방법이었다.

엄청난 속사로 화살을 끊임없이 날려댔다.

콰아앙, 콰아아앙, 콰아아아아앙!

피해량 수치가 생각보다 빠르게 솟구쳤다. 장인의 강화로 스 탯을 극도로 높이고, 칭호로 더하고, 또 각종 물약으로 추가하 고, 여기에 무기 공격력까지.

그렇게 현재 공격력만 무려 3,500에 달했다.

5만, 6만, 7만……!

사람들은 환상을 보는 듯 착각이 일었다. 화살이 표적에 꽂 힐 때마다 마치 표적이 생물처럼 괴성을 지르는 것만 같았다. 살려달라고, 그만하라고 끝없이 외쳐 대는 것만 같았다.

살아 있나……? 아니, 그럴 리 없었다. 다만 그 정도로 무혁 의 공격이 놀라운 것이리라.

-아, 정말 길었던 5초가 지나갔습니다!

무혁의 공격이 드디어 멈췄다.

-워후……! 피해량이 무려 14만이군요! 아니, 이런 수치가 나올 수 있는 건가요!

충분히 가능했다. 화살 한 대에 3,500의 피해량, 거기에 초 당 여덟 대씩. 5초간 무려 40대의 화살을 날렸으니까.

-첫 번째 방에서 보여준 147만 3,521의 피해량과 더하여 2로 나눈 결과! 무려 80만 6,756의 피해량으로 단도 선두로 나섭니

다! 엄청난 격차로 1위로 올라서는 무혁 유저! 축하드립니다!

무혁의 다음 차례인 나머지 유저들이 침을 삼켰다.

-자자, 괜찮습니다. 8명 안에만 들면 되니까요. 피해량이 높다고 대결에서 반드시 이기는 건 아니니 일대일 대결에서 제대로 된 면모를 보여주시면 됩니다! 일단은 8위 안에 들기 위해 최선을 다해주십시오! 보상도 쏠쏠하니까요! 자, 그러면 다음 유저……!

벌써부터 분위기가 갈라졌다. 이미 합격이 확실한 사람과 그렇지 않은 사람으로.

무혁, 성민우, 예린. 세 사람은 합격을 확신하고 있는 상황. 이런저런 대화를 나누며 구경했다.

"으, 마음 편하니 좋다."

"나두, 나두. 오빠는?"

무혁도 웃으며 고개를 끄덕였다.

"좋지, 당연히."

최종 8인에 올라 마지막 토너먼트 대결을 펼치기만 하면 되리라.

나머지 유저들의 공격이 이어지고.

-네, 순위가 정해졌습니다!

예상대로 1위는 무혁이었다. 2위가 강철주먹, 3위가 백랑, 그리고 6위에 예린이 링크되었다.

"야호!"

루돌프 역시, 8위로 아슬아슬하게 턱걸이를 했고.

"너도 살았네?"

"당연하죠, 형. 대결은 좀 다를 테니까 긴장해요."

"퍽이나."

"흐으, 언제나 30퍼센트는 숨기라는 말이 있다고요."

"그래서 숨긴 거다?"

"그럼요."

"그래, 그럼 기대할게."

루돌프가 미간을 찌푸렸다.

"표정이 전혀 안 믿는 눈치인데……. 좀 있다 보자고요."

"그래."

"으으……!"

때마침 들려오는 운영자의 목소리에 대화가 중단됐다.

-자, 조금 쉬도록 하겠습니다. 나가서 밥도 먹고, 볼일도 좀 보시고요. 시간은 넉넉하니까 느긋하게 있다가 오셔도 됩니다. 아아, 네. 맞습니다. 사실 2부 편성이 2시간 뒤에 잡혀 버려서 말이죠. 그때가 가장 시청률이 많이 나오는 시간이기도 하고요. 하하, 아무튼 그때 뵙도록 하죠. 모두 2시간 뒤를 기대해 주시기 바랍니다. 최후의 8인. 그들이 펼치는 마지막 대결, 토너먼트가 본격적으로 시작될 테니까요! 그럼 잠시 후에 뵙겠습니다!

잠깐의 휴식 시간이 찾아왔다. 허기를 채우고 충분히 휴식을 취한 뒤 다시 일루전에 접속했다.

"이제 왔냐."

"어, 일찍 들어왔네?"

"할 것도 없고 해서. 빨리 끝내고 지연이나 보러 가야지."

"좋냐?"

"흐흐, 미치도록 좋지."

"뭐가 그렇게 좋은데?"

"얼마나 예쁘고 착하냐. 순수하기도 하고 배려심도 깊고 요리도 잘하고. 또 가끔은……."

"아아, 됐다. 물어본 내가 잘못이지."

"흐흐. 너도 예린이 좋잖아."

무혁이 부드럽게 웃었다.

"그럼, 좋지."

"나중에 합동 결혼식이라도 할까."

"합동 결혼식?"

"어, 괜찮지 않냐?"

"흐음. 뭐, 썩 좋은 생각 같지는 않은데."

"왜? 재밌잖아. 나중에 지연이랑 예린이한테 말해봐야겠네."

"그러든가."

수다를 떠는 사이 최후의 8인이 한 명씩 등장했다.

백랑, 루돌프, 이어서 예린까지.

-자, 10분 남았군요.

때마침 운영자 홀로그램도 대련장 중앙에 나타났다.

-현재 8명의 유저만이 남은 상황인데요. 한 번만 승리해도 4강전에 진출하게 되며 두 번을 이기면 결승전에 오르게 되겠군요. 거기서 한 번만 더 이기면 최후의 1인, 우승자가 되는

거겠죠? 시간이 되면 바로 최후의 토너먼트를 시작할 예정입니다. 그동안 정비를 마무리해 주십시오.

이미 접속은 모두 완료한 상태였다.

시간이 흐르고.

-10분이 지났군요. 중요한 대결이니만큼 직접 조를 뽑도록 하겠습니다. 앞으로 나오셔서 구슬 위에 손을 올려주십시오. 순서는 피해량 순위로 하겠습니다.

무혁이 1위였기에 가장 먼저 앞으로 나아가 구슬에 손을 올렸다.

-B조군요. 다음은 강철주먹 유저 앞으로 나와주십시오.

성민우는 C조에 배정되었다. 안도인지 아쉬움인지 모를 한숨을 작게 내뱉은 그가 그룹 속으로 돌아왔다.

3위인 백랑이 앞으로 나섰다. 그의 조가 발표되자 운영자가 당황한 듯 외쳤다.

-아, 이럴 수가. 개인적으로 가장 궁금했던 대결이 두 번째 대결에서 펼쳐지게 생겼네요.

당황스럽게도 백랑 역시 B조였다.

그리고 루돌프는 A조, 예린은 D조로 정해졌다.

"어우, 제일 까다로운 유저가 너랑 붙네."

"흐음."

고개를 돌려 슬쩍 백랑을 쳐다봤다. 전에는 꽤 아슬아슬했었는데 과연 이번에는 어떻게 될지 자못 궁금해졌다.

"자신은?"

"당연히 있지."

"오오······!"

"말만 들으면 놀라는 것 같은데, 표정 보면 덤덤하고. 뭐냐?"

성민우가 어깨를 으쓱거렸다.

"네 말대로 당연한 거니까."

"그런가?"

"그럼. 아무리 생각해 봐도 밸런스가 무너질 정도로 세거든, 네가."

"크흠······."

무혁 본인도 인정하는 부분이었다.

"그래도 방심은 안 해야지."

마침 A조의 두 유저, 루돌프와 스카이가 대련장으로 올라 갔다.

-그럼, 첫 번째 대결을 시작하겠습니다!

무혁과 성민우는 잠깐 대화를 멈추고 전투를 지켜봤다.

"호오."

"왜?"

"아니, 확실히 세졌구나 싶어서."

"루돌프?"

"어."

나름 보는 맛이 쏠쏠했다.

아슬아슬한 접전. 그 끝에 환호하는 자는 루돌프였다.

-루돌프 유저, 축하드립니다! 자, 그러면 이제 B조의 차례군요.

무혁이 몸을 일으켰다. 반대편에 있던 백랑도 일어섰다.

"고생해라."

"오빠, 꼭 이기고 와."

"그래."

대답하며 천천히 걸음을 옮겼다.

-네, 올라와 주십시오. 무혁 유저, 백랑 유저.

대련장 위에서 서로를 마주 봤다.

그리고 시청률이 급격하게 증가하기 시작했다.

to be continued

힐통령

태양의 사제

제리엠 게임판타지 장편소설

WISHBOOKS GAME FANTASY STORY

"착하긴 뭐가 착해? 저런 퀘스트를 하는 건 착해서가 아니고
그냥 호구인 거야. 호구."

등 뒤에서 멀어지는 소리에
카이가 슬쩍 그들을 돌아봤다.

'내가 호구라고? 설마.'

[곤경에 처해 있는 NPC에게 선행을 베풀었습니다.]
[선행 스탯이 1 상승합니다.]

착한 일을 하면 보상이 따라온다?!

계산적이지만 그래서 더 선행을 할 수밖에 없는
힐이면 힐, 딜이면 딜.

힐통령 카이의 미드 온라인 정복기!

쥐뿔도 없는 회귀

목마 퓨전판타지 장편소설

불친절하기 짝이 없는 이세계 '에리아'.
그곳에 소환된 '이성민'.

13년의 생활 끝에 죽음을 맞이한 그에게
또 한 번의 기회가 주어졌다.

재능이 없다.
그러나 그에겐 13년의 기억이 있다.

우연처럼 얽인 필연이, 그리고 목적이
그를 앞으로, 더 높은 곳으로 나아가게 한다.

이성민은 무엇을 바라였는가.
무엇이 되고 싶었는가.

"나는 다시 살아가 보고 싶다.
전생보다 나은 삶을."